Janne Friberg fährt auf seinem blauen Fahrrad durch die västmanländische Provinz. Er soll ein Haushaltsgerät der Marke Elektrolux an den Mann bringen. Doch seine Gedanken sind, wie nicht selten, bei anderen Dingen. Ein durch und durch untauglicher Mann sei er, hat seine Frau an diesem Morgen zu ihm gesagt. Eigentlich will Janne gar nicht mehr zurück nach Hause. Als er stürzt, muss er in einem alten Herrenhaus um Hilfe bitten. Dort wird er in eine Bibliothek gebracht und erst einmal vergessen. Während Janne in einem alten Fotoalbum blättert, tragen ihn Erinnerung und Traum behutsam fort von dem, »was die anderen so hartnäckig für die Wirklichkeit hielten«.

Lars Gustafsson hat sich von zehn Fotografien zu diesem Roman inspirieren lassen, die sein Vater in den zwanziger Jahren mit einer Kastenkamera aufgenommen hat.

Lars Gustafsson, Lyriker, Philosoph und Romancier wurde 1936 in Västeras/Mittelschweden geboren. Er studierte Mathematik und Philosophie in Uppsala und Oxford. Er lebte lange Zeit in Austin, Texas. Lars Gustafsson verstarb am 2. April 2016 in Stockholm. Im Fischer Taschenbuch Verlag erschien zuletzt: ›Das Lächeln der Mittsommernacht‹ (Bd. 03112), das er zusammen mit seiner Frau Agneta Blomqvist verfasste.

Weitere Informationen finden Sie auf www.fischerverlage.de

Lars Gustafsson

Der Mann
auf dem blauen Fahrrad

Träume aus einer alten Kamera

Roman

Aus dem Schwedischen
von Verena Reichel

FISCHER Taschenbuch

Erschienen bei FISCHER Taschenbuch
Frankfurt am Main, Juli 2017

Lizenzausgabe mit freundlicher
Genehmigung des Carl Hanser Verlages
Die Originalausgabe erschien 2012 unter dem Titel
›Mannan på den blå cykeln. Drömmar ur en gammal kamera‹
bei Atlantis, Stockholm.
© 2012 Lars Gustafsson
Für die deutschsprachige Ausgabe:
© 2013 Carl Hanser Verlag München

Druck und Bindung: CPI books GmbH, Leck
Printed in Germany
ISBN 978-3-596-03113-9

Inhalt

Über die Erfahrungen von Radfahrern
    einer früheren Generation 7

Ein Herbstmorgen am Hafen von Västerås 11

Der Herbst kommt wie eine Reiterschar 19

Hundejahre 29

Eine richtige Herrenhausküche 37

Der Raum mit den Kronleuchtern 53

Irene geht zum Zug 65

Der Fotograf 73

In der zunehmenden Dämmerung des Raums 81

Die Erzählung des Kanalschiffers 89

Der Kanalfrachter *Färna I* 95

Acht Schläge 99

Eine Art, eingeschlossen zu sein 109

Diesmal nicht wegen der Mangelkammer 115

In verminten Gewässern   119

Das Geräusch der Treibriemen oben unterm Dach   129

Das Dunkel in Bo Gryta   133

Die Uhr, die in Bo Gryta landete   143

Irene trifft Irgendjemand   149

Ein kniffliger Tonartwechsel: D-Dur zu c-Moll   159

Die Kreuzworträtselmädchen   173

Der Herrscher des weißen Hauses   181

Endspiel   187

Wort und Bild. Ein Nachwort   191

Über die Erfahrungen von Radfahrern einer früheren Generation

Die Situation ist überhaupt nicht gut.

Im Gegenteil, sie ist an der Grenze zum Unerträglichen. Ein Mann trampelt mühsam auf einem blauen Fahrrad der Marke Svalan vorwärts, das in Nymans Werkstätten in Uppsala hergestellt wurde und solide, aber ziemlich abgewetzte Ballonreifen hat. Er fährt über knirschenden Kies. Auf dem Gepäckträger hat er eine Tasche, mehrfach mit einem verschlissenen Lederriemen umwickelt und ordentlich festgezurrt. Denn hier werden wertvolle Dinge transportiert. Über leere, von Vieh zertrampelte Felder. In einem Wind, der vom Mälaren-See herüberweht, ständig zunimmt und weit vor Einbruch der Nacht zu einem Sturm werden kann. Vermutlich ist es schon zu spät, um es noch nach Kolbäck zu schaffen und den Abendzug zurück in die Stadt zu nehmen. Die in diesem Fall Västerås ist.

Zu dieser Jahreszeit hat die Landschaft all ihren Zauber verloren. Sogar die Düfte haben sich vollkommen verändert. Wo man noch im August frisch gemähtes Heu roch und den speziellen, etwas herben Duft der Espen wahrnahm, wie sie dort an den Stränden stehen und nervös mit ihren empfindlichen, ja überempfindlichen Blättern zittern. Und den Duft von Landstraßenkies. Auch Kies hat seine Gerüche, die erheblich variieren können. Eben noch duftete diese Landschaft nach einem davonziehenden Sommer. In Zersetzung und Zerfall begriffen, aber doch mit einer Erinnerung an den Sommer.

Jetzt ist alles so viel nackter. Und aufrichtiger. Hier gibt es keine Gnade. Von den Feldern steigt ein Hauch von Odel auf, und aus den Ställen der großen Gutshöfe dringt der Geruch von Kuhpisse. Aus den Eichenwäldchen der säuerliche Duft von modrigem Laub. Vom Mälaren, den man von dem gewundenen Kiesweg aus mehr ahnen als sehen kann, ganz neue Düfte: faulende Sumpfbinsen, Altöl von einem vor Almö-Lindö gekenterten alten Kanalschiff, dem Dampfer *Färna III*. Der im Kanal von Strömholm der so unglücklich gesunkenen *Färna I* folgte. Und der jetzt wohl kaum in einem besseren Zustand ist als die *I*, die sich angeblich auf dem Boden des am wenigsten erforschten tiefen Lochs befindet – Bo Gryta. Die *III* hingegen liegt ganz einfach da draußen in der Werft und rostet. Vielleicht sind die Eigentümerverhältnisse unklar. Oder es gab einen Besitzer, aber einen, der sich nicht kümmerte. Der Radfahrer hat sie schon mehrmals gesehen. Sie liegt auf der Seite. Man kann sich Barsche und Plötzen vorstellen, wie sie dort herumschwimmen, wo einst die Kajüte des Kapitäns und die Logis der Mannschaft waren.

Und jetzt, da der Wind von der großen offenen Bucht her ins Land hineinweht, nimmt man den Geruch von altem ranzigen Maschinenöl wahr, vielleicht Diesel aus dem Tank, und den Geruch von faulendem Tauwerk. Kann Dieselöl wirklich ranzig werden? Kann Hanf verfaulen?

Es gibt so viele Fragen, die man sich stellen kann. Und

der Mann auf dem Fahrrad stellt sie. Diese Landschaft passt perfekt zu seinem Gemütszustand. Er ist nicht selten melancholisch. Und gerade heute besonders. Am Morgen ist etwas geschehen, was ihm eigentlich die Lust genommen hat zurückzukehren. Man hat ihm unumwunden gesagt, er sei ein durch und durch untauglicher Mann. Untauglich für das eine wie für das andere. Untauglich für das meiste.

Und während man zwischen diesen leeren Feldern dahinradelt, wo nicht einmal ein vergessener Traktor daran erinnert, dass es dort kürzlich noch Vieh und Menschen gab, kann man die Welt allmählich als eine ziemlich witzlose Geschichte empfinden. Er hat eine vage Erinnerung daran, dass es eine Zeit gegeben haben muss, in der er die Welt auf eine andere Art betrachtete.

Eigentlich ist es viel zu spät, um mit einem völlig überladenen Gepäckträger durch die Dunkelheit und den Regen des Herbstabends zu radeln. Das verfluchte Haushaltsgerät Electrolux Assistent ist es, dessen Gewicht das Fahrrad instabil macht. Da helfen keine Ballonreifen. Auch keine zusätzlichen Befestigungen dahinten. Weiß der Teufel, ob es überhaupt etwas gibt, das hilft.

Ein Herbstmorgen am Hafen von Västerås

Das Vergangene ist ein Traum. Der Hafen von Västerås. An einem frühen Herbstmorgen 1953.

Lange, bis weit in den Oktober hinein, nahm er für gewöhnlich mit seinem schwer beladenen Fahrrad den Weg durch den Hafen zur Eisenbahn und dem Schienenbus, die ihn in die Gegenden bringen sollten, wo sich ihm möglicherweise eine Gelegenheit bieten würde, ein oder zwei Haushaltsgeräte zu verscherbeln. Es war sehr mühsam, sie zu verkaufen, diese Biester, mühsamer, als man es sich vielleicht da oben in Stockholm erwartet hatte. Er wählte diesen Weg nicht, weil es ein bisschen schneller ging, wenn man in der Pistolgatan wohnte und den Djuphamnsvägen nehmen konnte, sondern weil diese Strecke viel schöner ist als die langweilige Stora Gatan. Solange dort die Boote liegen.

An diesem Morgen war es eigentlich schon viel zu spät im Jahr, aber trotzdem hatte er diesen Weg genommen. Die meisten Boote waren schon an Land gezogen worden. Aber die Dampfschiffe lagen natürlich noch vor Anker. Und der eine oder andere Segelfrachter aus dem Kanal.

Dabei kann es an einem frühen Morgen im September so viel schöner sein, wenn fallende Blätter anfangen, auf dem Wasser zu treiben. Es ist so früh am Morgen, dass alles noch ruht. Wir sprechen von dem Hafen für Kleinboote, dem Alten Hafen, nicht von diesem großen neuen mit all den Kohlehaufen und dem Eisen aus dem Norden, die verladen werden sollen. Nicht von dem, der Djuphamnen heißt. Nein, wir sprechen von dem friedlichen Alten Hafen, mit dem einen oder anderen Heringsfrachter von der fernen Westküste, besonders beliebt der von den Klädesholmarna-Inseln. In den sogenannten Krisenjahren bildeten sich vor ihm gewöhnlich lange Schlangen von Heringskäufern. Jeder mit seiner eigenen Kanne aus emailliertem Blech oder seinem Milcheimer, um die fetten Heringe darin nach Hause zu bringen. Jener Hafen, wo die weißen Mälar-Schiffe nach Mariefred und dem fernen Stockholm ablegen und wo alle Kleinboote ankern, keusch wie Konfirmanden unter ihren weißen und grauen Überzügen aus altmodischem Segeltuch über Spannbögen, um den Regen abzuhalten.

Sehr lange, bis in den Oktober hinein, pflegte Janne den Fahrradweg durch den Hafen zum Bahnhof zu nehmen. Jetzt macht es seit einiger Zeit nicht mehr so viel Spaß.

An den Pieren beginnt es sich schon zu lichten. Es ist Herbst. Spätherbst. Da treiben keine Blätter mehr auf dem Wasser.

Eines der Mälar-Schiffe hat offenbar schon den Kessel geheizt, obwohl es erst sechs oder möglicherweise sieben Uhr morgens ist. Weißer Rauch steigt feierlich aus dem Schornstein. Ist es wirklich möglich, dass das Schiff noch so spät im Oktober so zeitig ablegen wird? Und wenn ja, wohin? Kann man es wirklich glauben, dass jemand im Oktober das Schiff nach Stockholm nimmt, nachdem es jetzt bequeme, elektrisch betriebene Schnellzüge gibt? Und das Allerneueste: Jetzt steht der Expresszug Mälardalen mit seinen komfortablen, roten, stromlinienförmigen Wagen jedem zur Verfügung, der unbedingt nach Stockholm fahren will.

Oder ist es nur der Koch, der so früh aufgestanden ist, um die Dampfschiff-Steaks vorzubereiten, die irgendwo da draußen im Björkfjärden oder vielleicht in dem engen Gatt unterhalb des majestätisch steilen Hangs bei Kungshatt aufgetischt werden sollen? Die Dampfschiff-Steaks, die in dem eichengetäfelten Erste-Klasse-Salon serviert werden, zusammen mit Bratkartoffeln und Pils von der Gamla Bryggeriet und OP Andersson. Alles andere wäre unpassend.

Aber wer um Himmels willen hat die Zeit, mit dem Dampfschiff zu dieser Jahreszeit nach Mariefred, Strängnäs und Stockholm zu fahren? Tatsächlich ist es nicht mehr so furchtbar lang hin, bis die Dampfschiffgesellschaft ihren Betrieb einstellen wird. Die Gewässer frieren zu, und Schlittschuhsegler, Schüler aus dem Högre Allmänna Läroverket, strömen auf ihrem Wochenendausflug aufs Eis hinaus, nicht unähnlich den unruhigen Dohlenschwärmen über den großen, weißen, noch schneefreien Buchten im September. Hunderte von Kommas auf einer weißen Seite, Kommas, die nicht wissen, was sie trennen sollen.

Es ist noch nicht lange her, dass die weißen Dampfschiffe des Mälaren unter dem Jubel der Passagiere das Dampfschiff-Steak wieder auf ihre Speisekarte gesetzt haben. Viele Jahre lang war es nur ein Traum, eine Erinnerung an ein verlorenes Paradies gewesen, das man die Vorkriegszeit nannte.

Wie bis vor kurzem die Dampfschiff-Steaks ein Traum aus der Vergangenheit waren, waren das – genau genommen – die Dampfschiffe auch. Sie verbrauchten ein bisschen zu viel von der kostbaren Kohle. Und warum sollten die Menschen in einer schlimmen Zeit das Leben, das Licht über den Buchten und die milden Winde des Sommers genießen?

Der Ersatz – oder, wie es damals hieß, das Surrogat – war Rote-Bete-Steak. Rote Bete, in einem sehr zweifelhaften Fett gebraten, das ein wenig den Eindruck machte, aus der Schmiergrube in einer der wenigen überlebenden Autowerkstätten zu stammen.

Aber jetzt schreiben wir das Jahr 1953 und die Welt ist frei, das heißt, dieser Teil der Welt. Nicht weit entfernt, auf der anderen Seite der Ostsee, herrscht etwas, das am ehesten als ein eben noch glühend heißer, jetzt nur langsam abkühlender Höllenkreis der Volksumsiedlungen und Demütigungen beschrieben werden kann, wie ihn sich die Menschen hier schwer vorstellen können. Hin und wieder zieht Brandgeruch von der Ostsee ins Land. Etwas brennt, aber man weiß nicht, was. Wälder? Gebäude? Oder was?

Kurz gesagt, 1953 ist, was man die Nachkriegszeit nennt.

Eigentlich eine komische Zeit. Natürlich kann man sich fragen: Ist nicht jede Zeit eine Nachkriegszeit? Wenn es, was Gott verhüte, keine Vorkriegszeit ist. So viel Elend ist über die Welt hereingebrochen, und so viele Menschen haben es, falls sie noch leben, so viel schwerer gehabt als dieser Mann in den Vierzigern auf diesem eigentümlich schwer beladenen blauen Fahrrad mit hart aufgepumpten Ballonreifen, der an dem Kleine-Boote-Hafen vorbeiradelt. Er hat es eilig, die Adern an seiner Stirn treten hervor, er will mit dem Fahrrad und der großen Tasche auf dem Gepäckträger den gelben Schienenbus um 7.40 Uhr erreichen, um nach Kolbäck zu gelangen. Und dann hinaus in das laubwaldreiche Mälar-Tal. Wo jedoch die meisten Blätter schon von den

Bäumen gefallen sind. Auf die leeren, von Vieh zertrampelten Felder.

Bei solchen Expeditionen gilt es, früh aufzubrechen, wenn man etwas erreichen will. Im Bahnhof von Västerås steht schon eine solide Dampflok und stößt fauchend zwei Wasserdampf-Schnurrbärte aus, die sich über den asphaltierten Bahnsteig ausbreiten, so dass es aussieht, als hätte ein Riese darauf gespuckt. Und hinter der Lok hängt eine lange Reihe brauner Personenwagen, ganz vorn die Erste-Klasse-Abteile, darin Oberingenieure, die zu einer Tagung nach Stockholm wollen, in der zweiten Klasse Damen, die zu einer Konferenz des Roten Kreuzes unterwegs sind, und ein vereinzelter Tourist mit Kamera und Golfhosen, und zuletzt kommen die vielen Dritte-Klasse-Waggons, wo die Reisenden Körbe mit Butterbrotpäckchen und Thermosflaschen dabeihaben. Und einige Flaschen, deren Inhalt wir lieber nicht erforschen wollen.

Jan V. Friberg hat diese kleine Reise schon oft gemacht. Geübt achtet er darauf, dass das blaue Fahrrad mit der großen Demonstrationstasche ordentlich im Gepäckabteil des gelben Schienenbusses verstaut wird. Es gilt, dafür zu sorgen, dass es nicht allzu weit hinten zwischen allen möglichen schweren und unförmigen Dingen landet, die gewisse Menschen unbedingt mitschleppen wollen. Letzte Woche hatten er und Schaffner Jansson, den er gut kennt, eine höllische Mühe, das Fahrrad mit dem Gepäck von einem großen, überflüssigen Rasenmäherungetüm loszubekommen. Wobei Jan es nicht versäumte, diesem einen so nachdrücklichen Abschiedstritt zu verpassen, dass der normalerweise gutmütige Jansson ihn etwas verwundert anschaute.

Obwohl das Fahrrad nur zwei Stationen mit dem Schienenbus befördert werden soll, vorbei an Dingtuna nach Kolbäck, wo der düstere Kolbäcksån und mit ihm der Strömholms-Kanal kurz davor sind, in den Mälaren abzufließen, soll dieses Fahrrad mit einem ordentlich beschrifteten Adresszettel versehen werden, der mit Draht am rechten Lenkergriff befestigt wird. Immer am rechten Lenkergriff. Was würde geschehen, wenn irgend jemand vom Bahnhofspersonal ihn aus Versehen oder Bosheit am linken anbringen würde?

Aus den allzu vielen Taschen der Sportjacke gelingt es ihm schließlich, die zerknautschte Zigarettenschachtel hervorzukramen, die Marke Robin Hood ist es offenbar diesmal, da die Bill zu teuer sind, und er stellt fest, dass eine Zigarette in der Mitte zerbrochen und die andere einigermaßen heil geblieben ist. Sparsam, wie er ist, begnügt Janne sich mit einer abgebrochenen Hälfte.

Dies ist kein richtig guter Morgen in Janne Fribergs Leben. Dinge sind geschehen, die ihm das Gefühl geben, einsam, verlassen und an sich sinnlos zu sein.

Noch gierig das wenige inhalierend, das der abgebrochene Stummel hergibt, setzt sich Janne in das muffige Raucherabteil des Schienenbusses und versucht, durch das beschlagene Fenster hinauszuschauen. Am Hauptbürogebäude von ASEA, einem mächtigen Märchenturm mit Uhren in alle Richtungen, zeigt die große Uhr an, dass noch zwei Minuten bis zur Abfahrt bleiben.

Und für einen Moment fragt er sich, ob etwas von alledem eigentlich sinnvoll ist. Könnte man nicht ebenso gut aus diesem langweiligen Schienenbus aussteigen, der am Anfang eines tristen Tages steht? Das wäre weder mehr noch weniger sinnvoll als das, was er sonst tun könnte. Ist das Leben sinnvoll? Ist das Leben der anderen auch sinnvoll? Wenn Pastor Fors von der Pfingstgemeinde behauptet, der Sinn unseres Lebens sei es, den anderen zu helfen – was um Gottes willen ist dann der Sinn des Lebens der anderen?

Und man muss sich ja fragen: Wenn das Leben sinnlos ist, wie passt das damit zusammen, dass wir immerzu versuchen, sinnvolle Dinge zu tun?

Für einen Augenblick, vielleicht einen Augenblick großartiger Freiheit, zieht Janne in Betracht, ganz einfach aus diesem Schienenbus auszusteigen, der hier steht, mit den dumpfen Paukenschlägen des Dieselmotors schon fahrbereit, und darauf wartet, ihn zu einer beschwerlichen und langweiligen Radtour durch diese schon vom Herbst gezeichnete Landschaft zu bringen.

Diese Freiheit währt nur ein paar kurze Sekunden. Denn das ist Janne klar, es würde nicht gelingen, den Schaffner Jansson dazu zu überreden, das Fahrrad wieder auszuladen.

Das könnte ja eine Verspätung verursachen.

Wie auch immer. Die Erzählung handelt also davon, wie die Schicksale von Radfahrern einer etwas früheren Generation aussehen konnten. Und davon, was einem solchen Mann, unterwegs auf einem blauen Fahrrad, in den südlichen Teilen von Västmanland zustieß, wo das Land flach ist und die Eichen zahlreich sind.

Der Herbst kommt wie eine Reiterschar

Es gibt eine Zeit Anfang September, in der alles reif, golden und abgeklärt wirkt. Ein stiller Hochdruck schwebt über der Gegend und verleiht ihr einen eigentümlich feierlichen Ausdruck. Diese bemerkenswert flache Landschaft mit dicht bewaldeten Inseln kann sich dann sehr idyllisch ausnehmen. Die Haine aus mächtigen Eichen sind noch halbwegs grün und sehen so still, so klug aus. Die Wellen schlagen ruhig gegen den Strand, und die kleinen Geröllsteine kichern unter ihrer sachten Berührung.

Es fehlt nur weidendes Vieh, und das Bild einer sanften Bronzezeitlandschaft wäre vollkommen. War die Bronzezeit eigentlich sanft? Jetzt, im Jahr 1953, steigen hartnäckige Rauchfahnen von einigen Inseln da draußen in der Bucht auf: Es ist ein idealer Tag für die große Wäsche in den Fässern unten an den Stränden, da es bestes Wetter zum Trocknen ist. Ja, an einem solchen Tag im September kann man sich vorstellen, in einer Art Ideallandschaft zu leben, einem Schweden bevor der böse Sturm von schwarzen Fichtendämonen aus dem Norden herunterfegte.

Aber Ende Oktober sieht es anders aus. Alle Boote, bis auf die, welche aus irgendeinem Grund zurückgelassen wurden, um zu versinken oder im ersten Griff des sich bildenden Eises zertrümmert zu werden, sind an Land gezogen worden. Sie schlafen unter Persenningen, und nur die Mäuse spuken in den Pichten. Die Bäume sind nackt, der Regen hat es sich eingerichtet, als wäre er der natürliche Zustand der Dinge, die Pfade ein einziger Matsch, der große dunkle Mälaren da draußen ein melancholisches Nichts.

Auch der Morgen war eigentlich nicht besonders hoffnungsvoll. Da gab es ebenfalls Unannehmlichkeiten, aber anderer Art.

Nun scheint sich jedoch allmählich ein Ende abzuzeichnen. Von einem Tag, an dem fast alles schiefgegangen ist.

Ein enttäuschter Mann auf einem schwer beladenen Fahrrad kämpft sich durch Herbst und Wind, durch den allzu losen Kies der Herrenhausallee. Das heißt, sie könnte zu einem Herrenhaus führen, aber es ist schon zu dunkel, um es zu erkennen. Es müsste da sein, am Ende der Allee. Falls er von dem Jungen auf dem Pferdekarren mit leeren Milchflaschen nicht völlig in die Irre geführt worden ist, den er zuletzt um Rat gefragt hatte.

Ein Herrenhaus wäre seine letzte Chance. Ein Herrenhaus sollte eine große Küche haben, in der Schweine zerlegt und Würste gestopft werden. Ein richtiges Herrenhaus braucht unbedingt ein Haushaltsgerät. Einen Assistent, von der Marke Electrolux Svenska Försäljningsaktiebolag.

Er hofft jetzt nur, dass er dort Leute antrifft. In diesen Zeiten weiß man ja nie. Dort soll ein alter Dichter gewohnt haben, der jetzt tot ist. Eine Art Poet. Vielleicht wohnte er auch in einem anderen Herrenhaus. Ringsumher gibt es mehrere davon. Unten am Mälaren ist das so, jede zweite Bucht hat ihr eigenes Herrenhaus.

Und die Allee? Zu allem Unglück steigt diese Allee an. In einem nicht unbeträchtlichen Winkel. Sollen Alleen wirklich Steigungen haben? Jeden Moment kann es ernstlich zu regnen beginnen. Die ersten schweren Tropfen sind schon gefallen. Und dieser zu dick gestreute Kies auf der Allee behindert die Reifen immer mehr.

Es ist 1953. Ende Oktober. Oder ist es vielleicht schon November? Der Kalender mit der Aufschrift »Electrolux Svenska Försäljningsaktiebolag« in goldenen Buchstaben auf dem Deckel liegt tief in der Westentasche der blau karierten Jacke. Es ist also nicht leicht, an ihn heranzukommen. Vieles deutet darauf hin, dass der Winter streng werden kann. Jedes Jahr zu dieser Zeit passiert der Planet eine dunkle, gefährliche Stelle auf seiner Bahn durch das leere, kalte und bedrohliche Weltall.

Alle empfindsamen Menschen wissen das. Janne Friberg ist ein empfindsamer Mensch.

Der Kies ist trügerisch, das Wetter abscheulich, der Planet steht falsch. Die falschen Mächte regieren. Die Wolken sind schwarz vor Teufelszeug. Der Wind zieht von den Mälar-Buchten herein, die nach Moder riechen. Und nach Schrecken. Versunkene Boote auf schwarzem Grund.

Als Jan V. Friberg, Vertreter von Electrolux-Haushaltsgeräten in den Bezirken Västerås–Mälaröarna–Hamre, am Ende eines Tages, der allzu lange währte, von der asphaltierten Landstraße auf die vielversprechende Herrenhausallee abbog, war das ein letzter Versuch, etwas aus dem scheinbar Sinnlosen zu machen.

Die unglaublichen Erfindungen der Nachkriegszeit, klimatisierte Autos, Kugelschreiber und all diese modernen Haushaltsgeräte, die so viele Dinge tun konnten, sind in der

Provinz Västmanland nicht immer leicht zu verscherbeln. Vielleicht wäre es Richtung Norden leichter gewesen, den Kolbäcksån hinauf, wo es Elche gibt. Aus einem Elch kann man nämlich sehr viel Hackfleisch machen. Und außerdem sind die Leute da oben aufgeschlossener für alles Technische. Das Technische beginnt mit der Papierfabrik von Sörstafors und setzt sich den ganzen Weg entlang des Strömholms-Kanals fort, der Surahammar, Hallstahammar und Virsbo durchquert, bis hinauf nach Fagersta. Überall stehen Menschen an Maschinen, großen, gefährlichen Maschinen, die flüssiges Eisen und feuerrote Materialien behandeln, wie in den Walzwerken von Sura und Ramnäs, oder an kleinen pfiffigen Maschinen, wie in der Uhrenwerkstatt in Trummelsberg. Überall gibt es dort Maschinen, welche die Menschen lehren, den mechanischen Fortschritt zu schätzen. Nördlich davon sind die Wälder und südlich davon diese großen Gutshöfe mit Schweinen und Kühen, wo die Leute eigentlich nicht besonders viel von Technik verstehen. Außer vielleicht die Berufsfischer draußen auf Ridön und Almö-Lindö, die sich immerhin gut genug mit ihren Glühkopfmotoren auskennen, um sie auch bei Wind und Wetter in Gang zu bringen.

Wenn man die Sache so ausdrücken darf. Janne lachte bitter über seinen Scherz, ohne eigentlich zu verstehen, was so lustig daran sein sollte. Aber hier im Süden waren es ja nicht Elche, sondern Schweine, die zerhackt und zu Würsten verarbeitet werden sollten.

Auf diesen großen Höfen, die er heute unten auf der Ebene besucht hatte, den langen Weg vom Bahnhof Kolbäck und immer weiter westwärts fahrend, bis hin zu diesem verdammt beschwerlichen Kieshang, hatte man auf seine beredte Demonstration eines revolutionierenden neuen Küchengeräts nur mit mürrischen Fragen oder dem einen und anderen unverschämten Gelächter reagiert. Besonders über das Wurststopfen hatte man gelacht, von dem alle meinten, sie verstünden mehr davon. Was konnte ein Hausierer aus der Stadt über Wurststopfen, Grützwurst und Schweineinnereien wissen?

Man hatte jedoch hier und da verstanden, dass dies ein Mann war, der sein Bestes tat, und in mindestens drei der Küchen hatte man ihn zu Kaffee und Gebäck eingeladen und ihm erlaubt, seine Ansichten über die Weltlage zu äußern, wie sie sich im Jahr 1953 am Horizont von Västerås abzeichnete. Nach Stalins Tod und mit den Sozialdemokraten an der Macht, die der Landwirtschaft fürchterlich feindlich gesinnt waren. Wie sollte es eigentlich weitergehen mit Schweden? Und besonders mit der Landwirtschaft in den südlichen Provinzen? Bei solchen lebhaften Gesprächen vergaß er manchmal seine eigentliche Aufgabe, die ja darin bestand, das Haushaltsgerät Assistent zu verkaufen, einen weiß glänzenden Koloss, gestaltet von dem pfiffigen Alvar Lenning, das bereits durch seine Form Effektivität und Hygiene ausstrahlte. Aufrecht stehend, gekippt oder auf die Seite gelegt und mit verschiedenen Verlängerungen, Verkürzungen, Kniegelenken und Vergrößerungen, kurz gesagt mit allen möglichen Hilfsmitteln, konnte es je nach Bedarf und Gemütsverfassung des Besitzers kneten, mischen, quirlen, mahlen und Wurstpellen füllen.

Wie mühelos könnte nicht dieses flotte Gerät einige der schwersten Aufgaben in einer bäuerlichen Küche erledigen, ganz zu schweigen von einer Herrenhausküche? Und mit welcher Leichtigkeit konnten nicht die verschiedenen Teile für die notwendige Säuberung nach der Arbeit auseinandergenommen und wieder zusammengefügt werden!

Es war so leicht zu vergessen, wie die Stunden verstrichen: mit angenehmen Gesprächen, dem Duft von Kaffee und frisch gebackenen Brötchen in warmen ländlichen Küchen. Janne empfand es als ungerecht, dass der Tag vor ihm davonlief, ehe er etwas aus ihm hatte machen können.

Im Verkaufsbüro von Electrolux in Västerås gilt es, auf Draht zu sein – zu zeigen, was man kann. Hier werden freilich keine Löhne gezahlt, Provision und nichts anderes zählt für diese Vertreter, und wird nichts verkauft, gibt es auch kein Geld. Im Konferenzzimmer hängt eine Tafel, auf der das Resultat jedes Vertreters, nach Anzahl der verkauften Geräte berechnet, die Position für einen kleinen, verschiebbaren Klotz mit seinem Namen vorgibt. Man kann nur allzu deutlich sehen, wie alle gegenwärtig im Rennen liegen. Jan V. freut sich über jeden Monat, in dem er nicht an letzter Stelle landet. Er kann gut mit Leuten reden, er ist ja so phantasievoll und unterhaltsam – das sagen alle. Aber vielleicht merkt man manchmal ein bisschen zu deutlich, dass er eigentlich nicht besonders interessiert ist. Der eine oder andere Kunde hat gesehen, wie er etwas zu offensichtlich auf die Armbanduhr schaute, wenn das Geschäft anscheinend kurz vor dem Abschluss stand.

Der Vertreterberuf hat in all seiner Schlichtheit etwas ziemlich Heroisches an sich. Man kann nicht vorwärtskommen, indem man in den Korridoren die Kollegen anschwärzt. Richtige und allgemein akzeptierte Ansichten und Standpunkte, die sich leicht den Wünschen des Kunden anpassen lassen, können ein wenig helfen. Aber letztendlich ist es nur die Ökonomie, die zählt. Ein noch so enthusiastisches

Bekenntnis zum Bauernverband hilft wenig, wenn der jeweilige Bauer nicht besonders interessiert daran ist, die Weihnachtswurst mittels eines Apparats zu stopfen. Und mit den Sozis, den Armen, ist es noch schlimmer. In der Regel ziehen sie es vor, ihre viel zu teure Wurst im Dorfladen zu kaufen. Gott sei Dank gibt es hier oben in der Hüttenwerksgegend nicht so viele davon.

Eigentümlicherweise war dieser J. V. Friberg nie der letzte. Aber immer unter den letzten. In der Regel der vorletzte. Wenn man zu oft ganz ans Ende geriet, war es nicht sicher, dass man weitermachen durfte. Janne, der zu Hause in Västerås eine sehr stille und menschenscheue Frau hatte, mit einer schmalen Brille auf der Nase und ständig an ihrer Nähmaschine beschäftigt, hatte nicht die geringste Lust, seinen Vertrag mit Electrolux zu verlieren. Seine früheren Versuche mit verschiedenen Anstellungen nach dem Konkurs der Kolonialwarenhandlung waren nicht so glücklich verlaufen.

Dies sollte dann also der letzte Kundenbesuch des Tages werden. Er war wohl spät dran, wenn man bedachte, dass der letzte Zug von Kolbäck um Viertel nach neun abfuhr. Aber das sollte doch wohl zu schaffen sein. Er kam im Moment nicht an die Armbanduhr heran, die unter den Ärmeln des Hemdes, des Jacketts und der grauen Windjacke verborgen war. Aber es müsste doch ungefähr ein paar Minuten nach sechs sein? Zum Bahnhof von Kolbäck zu radeln konnte doch nicht länger als zwanzig Minuten dauern? Vielleicht fünfundzwanzig?

Alles sah recht vielversprechend aus: Ein weißes Gebäude mit Säulen und Terrasse war nach der langen, steil ansteigenden Allee in der Dämmerung zu erahnen. Genau der Ort, an dem man sich vorstellen konnte, dass ein Haushaltsgerät Assistent eine von blank poliertem Kupfer und blendend weißem Geschirr schimmernde Herrenhausküche schmücken könnte.

Riskanterweise hatte Janne nicht damit gerechnet, dass der Kies von Asphalt abgelöst werden würde. Das kräftige und schwer beladene blaue Fahrrad geriet nun auf eine Weise ins Rutschen, die für jeden Radfahrer schwierig zu bewältigen gewesen wäre. Janne riss das Fahrrad durch einen in der richtigen Zehntelsekunde eingesetzten energischen Tritt wieder hoch, um im nächsten Moment in dem offenbar kürzlich umgeschaufelten Graben zu landen. Er stieß einen kurzen, groben Fluch aus, und ihm kam in den Sinn, dass solche Flüche, die niemand hörte und die nur von den schweigenden riesigen Alleebäumen aufgefangen wurden – Ahornbäume waren es, soweit er sehen konnte –, etwas von einem Ritual hatten. Stoßgebete, könnte man vielleicht sagen.

Beim Sturz hinunter in den Graben griff er nach dem wertvollen Gerät, dem Electrolux-Haushaltsassistent, der natürlich dazu verurteilt war, zu fallen und beschädigt zu werden. Auf diese Weise hatte er den linken Arm so ausgestreckt, dass der das gesamte Gewicht von Mann, Fahrrad und Haushaltsgerät abfing.

Aber das Gerät in seiner Demonstrationstasche aus braunem Segeltuch blieb an seinem Platz und schien den Fall unbeschädigt überstanden zu haben. Wahrhaft bewundernswert ist die Erinnerung, die sich die Dinge auf eigene Faust zu bewahren scheinen.

Erst jetzt wurde das linke Handgelenk völlig taub. Janne fand, er hätte nicht genug Zeit, um sich darum zu kümmern, da er das Fahrrad und das Gerät heil aus dem nassen Graben herausbekommen musste. Erst als er sich auf einen Stein setzte, um das Wasser aus den Socken zu wringen, erkannte er, dass etwas mit diesem Handgelenk passiert war. Es ließ sich nicht mehr leicht beugen. Und es tat weh. Teuflisch weh.

Dass es weh tut, ist jedoch ein Zeichen dafür, dass man noch am Leben ist.

Mitten in dem heftigen Rutsch – während einer solchen Hundertstelsekunde von Gewissheit und Schrecken, die uns immer bei Katastrophen beschert wird – hatte er ihn überwältigt, dieser unangenehme Gedanke. Dass er im Grunde vielleicht ein völlig misslungener Mensch war.

Was immer das bedeuten mochte. Er kannte ja auch andere, die ebenfalls misslungen waren: die alten Arbeiter der Papierfabrik, chronisch verschnupft vom Einatmen der Sulfate, der einarmige Schleusenwärter, der den anderen Arm im Walzwerk verloren hatte, die arme alte Frau im Altersheim von Nibble, die von Geburt an eine gespaltene Nase hatte. Wie mochte sie sich fühlen?

Was meinte man eigentlich, wenn man von jemand behauptete, er sei misslungen? Seine Frau hatte an diesem Morgen gesagt, er sei ein gänzlich misslungener Mensch.

Was antwortete man eigentlich auf so etwas?

Hundejahre

Der Kolonialwarenladen, den er übernommen hatte, mit siebenundzwanzig Jahren und zu ziemlich unmöglichen Kreditbedingungen von der Bank, in der seine Mutter putzte, der Föreningsbanken in Hallstahammar, war ein großartiges Projekt gewesen. Bis es Wirklichkeit wurde. Da schrumpfte es so trostlos schnell.

Die Lage war sehr gut. Das war das Argument, als die beiden alten Brüder Salholm, die bisherigen Eigentümer, die Idee präsentierten. Eine ganz hervorragende Lage am Beginn der Steigung zum Oxbacken hinauf, einer Stelle, an der nach menschlichem Ermessen alle Leute die Schritte verlangsamen mussten. Aber das wollten sie offenbar nicht. Ziemlich schnell war er in etwas ertrunken, was einem Sturm von Kreditzinsen, nicht bezahlter Mieten und eigenartig unregelmäßig eintrudelnden Lieferantenrechnungen glich. Und das schon nach wenigen Monaten. Warum wollten die Kunden nicht hereinkommen? Das hatte er sich Tag für Tag gefragt, mit einem anscheinend entspannten Lächeln auf die Theke gestützt, während der beschäftigungslose Laufbursche das *Rekordmagasinet*, *Tidsfördrif* und stundenweise auch *En Rolig Halvtimme* las, an einen bequemen Mehlsack gelehnt.

Was konnte Janne daran ändern? Wenn er selbst nicht gedankenversunken das unendlich phantasiebeflügelnde Bild auf den Dosen mit dem Scheuermittel Tomteskur betrachtete, auf dem ein gemütlicher Heinzelmann eine Dose mit Tomteskur mit einem sehr kleinen, aber deutlich erkennbaren Heinzelmann mit Tomteskur in der Hand hielt, pflegte er nervös die Schublade mit dem Kassenregister herauszuziehen, dessen Inhalt indessen darauf beharrte, sich nicht zu vermehren. Und draußen vor der Tür kamen der eine und andere vorbei. Außerdem der große Fahrradstrom von ASEA und den Svenska Metallverken kommend, der immer pünktlich auf die Minute um zwanzig nach fünf vorbeifuhr. Aber keiner der Blaugekleideten mit den Vesperdosen auf dem Gepäckträger zeigte das geringste Interesse daran, anzuhalten und den Nachfolger der Gebrüder Salholm zu besuchen. Wer es versucht hätte, hätte natürlich leicht von dem Hintermann überfahren werden können. Dies war ein eiliger Zug von hungrigen Lemmingen, die alle auf Fahrrädern ohne Gangschaltung auf dem teuflisch steilen Oxbacken tüchtig in die Pedale traten. Wie sollte ein so kleiner und hilfloser Kolonialwarenhändler diesen mächtigen Menschenstrom aufhalten können?

Einmal in der Stunde konnte er dem Jungen für zehn Minuten den Laden überlassen, um einen Zigarillo der Marke Tärnan zu rauchen. Um den wechselnden Gespenstern des Misserfolgs in den schwachen blauen Rauch zu entfliehen. Als hätte es da irgendetwas gegeben, auf das man hoffen könnte.

Was machte er falsch? Er konnte es nicht ergründen, wie sehr er sich auch bemühte. Dieses Misslingen von Geschäften war vielleicht genau genommen ebenso rätselhaft wie deren Gelingen? Warum hatte der Laden der Gebrüder Salholm nie genug Kunden, um bei Kasse zu sein? Diese Frage beunruhigte ihn eigentlich mehr als das Misslingen an sich. Warum wollte keiner kommen – oder nur sehr wenige: ein Junge kaufte eine Limonade, ein Flaneur mit Panamahut und Spazierstock eine Schachtel Zigaretten – in diesen so sorgfältig sortierten, geordneten und mehrmals am Tag gefegten und gewischten Laden mit den schwarzweißen quadratischen Bodenplatten?

War gerade sein Laden zum Scheitern verurteilt? Lag es daran, dass er sich genau am Fuß des steilen Oxbacken befand, wo es fast unmöglich war zu bremsen? Zu dieser Zeit war ja der größte Teil der Västeråser mit dem Fahrrad unterwegs. Und für die wenigen Autofahrer, die den Hang hinunterkamen, war es vielleicht nicht so leicht zu sehen, welche Ladenschilder sich da unten am Fuß des Hügels befanden.

Also: Dieser Laden, der Nachfolger der Gebrüder Salholm, sah aus wie ein gewöhnliches Geschäft in einer gewöhnlichen Straße. Aber genau betrachtet war er für Menschen in beiden Richtungen unerreichbar.

Vielleicht hatte er sich auf etwas Unmögliches eingelassen? Vielleicht war das Leben selbst, oder möglicherweise gerade sein Leben, ein unmögliches Unterfangen?

Nicht genug damit, dass der sich dunkel färbende Herbstabend und der auffällige Mangel an Verkaufsresultaten über ihm hingen. Wollte er den letzten Abendzug erreichen, der Fahrräder im Güterwagen zurück in die Stadt brachte, das heißt nach Västerås, wo er vermutlich noch erwartet wurde, war er schon bedenklich spät dran.

Aber nach einem Tag mit vielen Hofauffahrten, von denen nicht wenige, wie er feststellen musste, zu für den Winter verrammelten Sommerhäuschen führten, war die Verlockung dieser langen ansteigenden Allee, an deren Ende ein weißes Haus schimmerte, allzu stark. Nachdem er brutal von dummen Bauern abgewiesen worden war, die frech über diese Idee lachten, sie würden so etwas wie ein Haushaltsgerät brauchen, und ebenso über Jan V. Fribergs Erklärung, dass nichts besser in eine Landküche passen könne, besonders im Hinblick auf die Fähigkeit des Geräts, Wurstmasse zu mischen und sie mit den geeigneten Einstellungen im klassischen Wurstformat aus dem Fleischwolf quellen zu lassen.

Aus irgendeinem Grund verursachte diese Präsentation in mehreren Fällen lautes Gelächter. Es war nicht so verflixt leicht zu begreifen, warum.

Allerdings hatte er – wie es bei diesen Präsentationen nicht selten vorkam – das unverzichtbare Zwischenglied oft verkehrt herum eingeschraubt. Es war ja nicht immer so einfach, diese Finessen der Ingenieure im Kopf zu behalten.

Ja, man hatte ihn ausgelacht, jedenfalls in einer der Landküchen, wo er sich mit einer schlecht gespülten Tasse voll Kaffee zu den Kerlen in vom Herbstlehm bekleckerten Blaumännern und dicken Wollstrümpfen hatte setzen dürfen. Dieser Landstrich hier hatte etwas Schweres. Es war nicht das Gewicht der großen Wälder im Norden, sondern eine Art Laubwaldwehmut, die Nähe zu einem See, wo alle Boote schon für den Winter an Land gezogen worden waren. Außer möglicherweise die der Berufsfischer auf Fullerö.

Hier draußen lagen Inseln und schliefen in der allzu rasch heranziehenden Spätherbstdämmerung: Fullerö, Tidö, Almö-Lindö. Man konnte sie kaum noch sehen. Sichtbar oder nicht – Janne wusste, dass sie sich da befanden. Fischerhäuschen, Netze an langen Stangen, Bootswerften. Seit Ende August verrammelte Sommerhäuschen.

Jetzt spürte Janne, dass er keine Lust mehr hatte, gegen den knirschenden Alleekies anzukämpfen. Außerdem nahm der Schmerz im linken Handgelenk zu. Er stieg ab und hörte das Flattern eines sehr großen Dohlenschwarms, der einen weiten kalligraphischen Bogen über den Kronen der Ahornbäume flog.

Und jetzt, zu allem Überfluss, dieser rasch zunehmende Schmerz im Handgelenk. Er entschied, dass es nicht gebrochen war, aber beinahe.

Die Aussicht auf einen leicht vonstattengehenden Verkauf des Haushaltsgeräts Assistent als triumphalen Abschluss des Abends schien sich rasch zu einem sehr schwachen Licht am Horizont zusammenzuziehen.

Und dann waren die Hunde zu hören. Deutlicher mit jedem Schritt. Es war nur allzu offenkundig, dass sie dem ungebetenen Gast entgegenliefen. Gott sei Dank, dachte er, dass diese verdammte Hand wenigstens nicht blutet. Es fiel ihm jetzt schwer, das Fahrrad auch nur zu schieben.

Janne fehlte es nicht an Erfahrung mit Hunden. Keineswegs. Bei den Granbergs in Hallsta, wo er mit seiner Mutter in zwei Zimmern unter dem Dach gewohnt hatte, gab es nicht weniger als drei. Granberg war Jäger und versäumte es selten, die Hunde mit auf die Jagd auf Hasen und Seevögel zu nehmen. Es waren ein nervöser und hellwacher Setter, ein Labrador, der sogar imstande war, an einem Vorfrühlingsabend zwischen den Eisschollen des Kolbäcksån zu schwimmen, und ein Stöberhund. Große böse Hunde konnten überraschend freundlich werden, wenn man mit väterlich entschiedener, aber freundlicher Stimme zu ihnen sprach. Ungefähr wie ein gebieterischer, aber wohlwollender Volksschullehrer.

Aber diese Exemplare hier gehörten zur schlimmsten Sorte. Dackel! Teckel, eine aggressive und lebenslustige Bande, fünf oder sechs, es war nicht leicht zu erkennen wie viele. Er hatte den Eindruck, als hätten Dackel eine besondere, vererbte Antipathie gegen auf Rädern herumfahrende Vertreter.

Es gab Menschen, die entsetzliche Dinge erlebt hatten, und Menschen, die sich vorstellten, die Welt würde jetzt besser werden. Jetzt, im Jahr 1953, da die bösen Kräfte – oder jedenfalls die allerbösesten – besiegt waren. Falls es nun wirklich so war. Manchmal waren es dieselben Menschen, manchmal zwei völlig unterschiedliche Gruppen. Es gab Menschen, die überlebt und solche, die nicht überlebt hatten. Andere hatten es schlechter gehabt. Man sollte sich nicht beklagen. Man selbst war beispielsweise noch am Leben. Das war nicht bei allen der Fall.

Der Laden. Das war schon lange her. Es war tatsächlich noch in der Vorkriegszeit gewesen. Gegen Ende der Vorkriegszeit. Eine schlechte Zeit, um Läden zu eröffnen. Jetzt waren andere Zeiten. Jetzt galt es zu beweisen, wozu man taugte.

Diese verdammten Hunde waren nicht groß. Sie waren tatsächlich ziemlich klein. Aber dafür waren es viele. So viele, dass sie Probleme verursachen konnten. Sechs oder sieben – es war nicht so leicht zu zählen in dem spärlichen

Abendlicht, das von den Kronen der Alleebäume fast vollständig geschluckt wurde.

Janne, noch immer ganz mit der Frage beschäftigt, ob das schmerzende Handgelenk wirklich gebrochen oder vielleicht nur verstaucht war, gab gezielt einen leichten Tritt gegen den Hund ab, der ihm am nächsten gekommen war. Das Tier parierte diesen zahmen Versuch damit, dass es zur Seite sprang. Es war nicht ganz einfach, das schwer beladene Fahrrad mit der einen Hand aufrecht zu halten, während diese unangenehme Meute nach seinen Hosenschlägen schnappte. Wo jedoch das kühle Metall der Fahrradklammern eine unerwartet dämpfende Wirkung hatte, wenn sie zwischen ihre scharfen Zähne gerieten. Von diesem geringen Trost kaum beruhigt und angesichts des Regens, der offenbar immer mehr zu einem Platzregen wurde und immer tiefer in seinen Kragen eindrang, erwog Janne ernstlich, den Rückzug anzutreten.

In diesem Augenblick war ein langer, durchdringender Pfeifton in der Allee zu hören. Die Hunde schienen für einen Augenblick innezuhalten, ehe sie wieder zu dem kollektiven Bellen und Schnappen übergingen. Janne, ziemlich zufrieden damit, dem widerlichsten Angreifer endlich einen Tritt in den Brustkorb versetzt zu haben, so dass der sich wimmernd im Kies wälzte, hatte das Gefühl, diese Situation nicht sehr viel länger ertragen zu können, als ein erneuter Pfeifton die ganze Meute dazu brachte, von ihm abzulassen und zu dem Hof zurückzukehren, dessen weiße Fassade noch immer vor ihm in der rasch zunehmenden Dunkelheit schimmerte.

Wer da so herrisch und effektiv pfiff, war nicht zu erkennen. Aber zweifellos handelte es sich um jemanden, der bei diesen Hunden einen großen Respekt genoss. Da der Schmerz ihm kaum einen anderen Ausweg ließ, schleppte Janne sein schweres Fahrrad mit sich, so gut es ging, lehnte es an einen der großen Ahornbäume vor dem Haus und klopfte an. Die Tür bestand aus zwei mächtigen Eichenholzflügeln, die durch Wind und Wetter und mangelnde Pflege körnig geworden waren. Firnis wird körnig, wenn man ihn nicht pflegt.

Eine richtige Herrenhausküche

Was sich allmählich vor ihm abzeichnete, als Janne mit einer gewissen Mühe und zunehmenden Schmerzen in der Hand einen knarrenden Türflügel öffnete, war eine dunkle und fast erschreckend große Halle mit verschiedenen verräucherten Jagdtrophäen von Elchen und Rehen, die an den Wänden zu erahnen waren. Die obersten verschwanden im Halbdunkel zur unsichtbaren Decke hin. Ein altertümlicher Schirmständer aus Messing erregte Jannes Aufmerksamkeit und verstärkte seine wachsende Unruhe, da er eine Art mechanischem Greifmechanismus zu haben schien, der jeden Regenschirm in einen so festen Griff zu nehmen vermochte, dass er, einmal dort hineingesteckt, sich nie wieder loseisen ließe.

Die Türen, die von dieser schwach beleuchteten Halle wohl zu anderen Räumen führten, waren geschlossen. Schmale Lichtstreifen an den Schwellen verrieten, dass diese Räume beleuchtet und bewohnt waren. Aber ihre Türen waren eben geschlossen, vielleicht um die Herbstkälte fernzuhalten.

Im Halbdunkel der Halle wurden alle Gerüche deutlich. Oder war es vielleicht der Schmerz im Handgelenk, der ihn dafür empfänglicher machte? Hier konnte man tatsächlich den Geruch von Mottenkugeln in alten Pelzen wahrnehmen, versteckt in den Ecken, Teergeruch von den Schwellen und aus der Küche eine Fülle anderer Düfte, köchelnde Wurstmasse, Birkenholzrauch, und über alledem dies: den unverkennbaren, säuerlichen Duft von frisch gedünsteten Preiselbeerbirnen.

Vorsichtig schob Jan die Tür auf.

Wenn er erwartet hatte, dies würde irgendeine Aufregung verursachen oder wenigstens ein bisschen Aufmerksamkeit erregen, hatte er sich getäuscht. Und er stellte fest, dass er fast nichts sah. Nur allmählich nahmen seine müden Augen durch die Küchendünste hindurch all die Tätigkeiten wahr, die hier offenbar im Gang waren. Hinten am Herd tauchte der Rücken einer breithüftigen Frau auf, die ein blass geblümtes Kleid trug, darüber ein Band, das wohl zu einer Schürze gehörte. Zwei junge Mädchen mit bloßen, geröteten Armen waren dabei, an einem dunkel gefleckten, sicherlich uralten massiven Eichentisch in der Mitte des Raums Zimtbirnen zu schälen.

Janne, der spürte, dass der Schmerz im Handgelenk bis zur Grenze des Erträglichen zunahm, fiel nicht Besseres oder Originelleres ein, als einen Sprossenstuhl hervorzuziehen und sich zu den Küchenmädchen an den Tisch zu setzen.

Auch das schien nicht die geringste Aufmerksamkeit zu wecken. War man es in dieser Küche gewohnt, dass Leute kamen und gingen? Oder spielte sich vielleicht etwas anderes ab, das alle Konzentration beanspruchte? Hin und wieder lief einer der Töpfe auf dem riesigen Eisenherd mit einem Zischen über. Düfte verbreiteten sich im Raum. Einige angenehm, andere wiederum nur von angebrannten Speisen, die übergelaufen und auf den heißen Herdplatten gelandet waren. Immer wenn das geschah, stieg eine kleine Dampfwolke zu den breiten Rauchfängen auf, wo unbestimmbare Lebensmittel an Haken hingen.

Niemand schien Notiz von ihm zu nehmen.

Mag sein, dass diese Menschen nicht besonders neugierig sind. Aber sie könnten doch wenigstens auf den Gedanken kommen, Guten Abend zu sagen. Oder vielleicht Guten Tag, dachte Jan V. Friberg. Auch ein eher informelles Hallo wäre in Ordnung gewesen. Aber diese Stille, dieses offensichtliche Desinteresse – als wäre er erwartet worden – war aus irgendeinem Grund viel schwerer zu ertragen.

Janne suchte in Gedanken nach einem passenden Satz, um dieses unangenehme Schweigen zu durchbrechen, das seine Existenz überhaupt nicht zur Kenntnis nehmen wollte.

Wäre passend: Es gibt aber verdammt viele Hunde hier auf dem Hof? Sind es nicht zu viele?

Oder sollte er etwas energischer auftreten? Ungefähr so: Hier muss man verdammt froh sein, dass man noch am Leben ist!

Aber möglicherweise würde eine solche Eröffnung Geschäfte unmöglich machen. Und hatte er überhaupt Lust, mit diesen eigentlich stummen und mit sich selbst beschäftigten Menschen Geschäfte zu machen, die anscheinend ganz und gar in dem aufgingen, was sie taten? Wohl kaum, nach dem, was geschehen war. In seinen Handflächen steckte noch immer der eine oder andere Kieselsplitter, an einer Hand blutete er leicht, und das linke Handgelenk schmerzte höllisch. Sollte er um Hilfe bitten? Janne mochte es prinzipiell nicht, andere Menschen um Hilfe zu bitten. Er hatte das unangenehme Gefühl, wenn man das täte, würde man früher oder später selbst um Hilfe gebeten werden. In der einen oder anderen Angelegenheit. Was man dann nicht ablehnen konnte. Anstandshalber.

Wie die Situation nun war, begnügte er sich damit, ziemlich knapp und eher schüchtern zu sagen: – Kann man möglicherweise ein Handtuch und etwas kaltes Wasser bekommen?

Er sagte es nicht zu jemand Bestimmtem. Die breithüftige Köchin, oder was sie nun war, diese ältere, gebieterische Frau, die hier in der Küche das Regiment zu führen schien, erwiderte, es sei völlig in Ordnung, sich zu bedienen. Also tat Janne das. Er nahm einfach ein altes grobes Leinenhandtuch, ziemlich verschlissen, aber sauber, von seinem Haken. Wasser gab es ja am Hahn. Er hatte auch nichts anderes erwartet.

– Sie haben ja ziemlich viele Hunde hier auf dem Hof?

Er musste es zweimal sagen, ehe jemand sich auch nur die Mühe machte, in seine Richtung zu schauen.

– Sie meinen wohl die von den Lindéns? Wir haben keine Hunde. Hat es hier schon lange nicht mehr gegeben. Seit der Forstmeister hier wohnte, nicht mehr. Und das ist jetzt lange her.

– Tatsächlich?

– Mindestens zwanzig Jahre.

– Und wer ist dieser Lindén?

Fragte Janne in einem schnell angenommenen herrischen Ton. Wäre es nicht an der Zeit, sich einen solchen Mistkerl vorzuknöpfen, der eine ganze Meute von Hunden frei auf einem öffentlichen oder jedenfalls ziemlich öffentlichen Weg herumlaufen ließ? Könnte man ihn nicht irgendeiner Behörde melden?

– Lindén ist der Förster.

Es war das Mädchen zu seiner Linken, das ihm dies fast flüsternd mitteilte. Er hatte den Eindruck, es gäbe eine Art seltsames Verbot, in dieser Küche laut zu sprechen. Mit Töpfen und Deckeln zu lärmen war offenbar erlaubt. Aber nicht zu sprechen. Wollte man sprechen, musste das wohl flüsternd geschehen. Aber klappern, das durfte man. Es erschien ihm nicht besonders konsequent.

Nun hatte Janne aber auch keine Ahnung, an wen er sich wenden sollte – falls es sich als angemessen erweisen sollte zu sprechen. Oder was er überhaupt zu sagen hatte. Das Haushaltsgerät Assistent in all seiner metallisch glänzenden Vortrefflichkeit zu demonstrieren erschien ihm nicht ganz realistisch, mit dem bald dumpf pochenden, bald scharf stechenden Schmerz, der sich offenbar gerade dauerhaft in seinem linken Handgelenk niederließ.

Vielleicht sollte er noch eine Frage stellen? Aber wonach fragen? Nach den Hunden? Der Schmerz ließ nicht nach. Sollte er um ein Glas Wasser bitten? Oder um Hilfe? Welche Art von Hilfe? Vielleicht Hilfe, um hier wegzukommen?

Es köchelte in den Töpfen. Die Mädchen schälten. Der Schalenhaufen und der Berg frisch geputzter Zimtbirnen wuchsen in der Mitte des Tisches. Janne blieb neben dem großen, groben Tisch mitten im Raum stehen, ratlos wie irgendein Zuschauer ohne Aufgabe. Die Mädchen schälten. Ihre Zimtbirnen. Die Köchin schwieg.

Außerdem hing der Duft von Pilzen in der Luft, von einem Pilzgericht: In ein paar flachen Kupfertöpfen zischten Röhrlinge, die offenbar in ihrem eigenen Saft schmoren sollten und in dem ganzen dunstigen Raum eine Stimmung wie in einem tiefen dunklen Fichtenwald verbreiteten. Janne hatte schon seit jeher ein bisschen Angst vor Pilzen. Nicht davor, von ihnen vergiftet zu werden. Etwas, was leicht geschehen konnte. Mindestens einem seiner Cousins war es in den schaurigen Kriegszeiten, als alle Menschen als Ersatz für praktisch alles Pilze essen mussten, schlecht ergangen. Der leckere schneeweiße Champignon und der unbarmherzige weiße Knollenblätterpilz hatten seiner Meinung nach allzu viel gemeinsam.

Hatten nicht eigentlich alle Pilze zu viel Gemeinsamkeiten? War es nicht ziemlich schauerlich, dass diese leckeren Beilagen zu Rehbraten und anderem so nah verwandt waren mit diesen düsteren Tentakeln, die in feuchten Kellern von den Balken hängend alte Herrenhäuser und andere Holzgebäude zu Fall brachten?

Hatten Pilze nicht immer, wie wohlwollend sie auch scheinen mochten, etwas Feindliches an sich? Waren sie nicht eine Art ältere und vielleicht auch klügere Gattung als das Tierreich? Langsamer und klug genug, um nicht zu hetzen, ruhig den Moment abzuwarten, bis es an der Zeit wäre, einen Planeten zu übernehmen, den die Ableger des ungeduldigen Tierreichs bald für sie selbst unbewohnbar gemacht hatten.

Janne kamen manchmal solche Gedanken. Ganz von selbst und ohne dass jemand sie ihm eingeredet hätte. Vielleicht waren sie ganz einfach eine Verteidigung gegen etwas anderes.

Nein, der Pilzgeruch in dieser Küche, kombiniert mit so vielen anderen Düften, machte ihn ein wenig schwindlig. Am liebsten hätte er sich wieder hinaus in den Herbststurm gestürzt. Hätte sein Fahrrad gesucht – er hoffte, das Vorderrad war nicht verbogen, etwas, das bei solchen Stürzen leicht passieren konnte – und versucht, von den feuchten und kiesbestreuten Wegen zu den asphaltierten Straßen zu gelangen. Die ihn nach Kolbäck führen sollten. Und zu dem Bahnhof, der sich mit jedem Ticken der Uhr weiter zu entfernen schien.

Aber etwas hielt ihn hier drinnen zurück. Vielleicht war es die Ahnung, dass da draußen noch größere Gefahren lauerten. Wo befanden sich jetzt die Hunde? Oder war es vielleicht die Angst davor, einen komischen Eindruck auf die Anwesenden zu machen? Als hätte er das nicht schon getan. Was? Einen komischen Eindruck. Dass er Vertreter für Electrolux und hierhergekommen war, um dessen bahnbrechendes universelles Küchengerät zu demonstrieren, hatte er tatsächlich noch immer nicht zu erklären vermocht. Ob er sich ein Messer greifen und beim Birnenschälen mithelfen sollte? Aber wozu? Er nahm seinen Mut zusammen, den rasch schwindenden Mut, der ihm noch geblieben war:

– Entschuldigung, aber ich frage mich also …

Aus allen Richtungen, oder scheinbar aus allen Richtungen, wandten sich ihm Frauengesichter zu, den Finger vor dem Mund.

– Hier soll es still sein.

Nun konnte man sich wirklich fragen, was Stille bedeutete, in einer Küche, die förmlich bis zur Decke erfüllt war mit dem Zischen von Pfannen, dem Klappern von Topfdeckeln, dem Hacken von Messern auf Schneidebrettern und dem Quirlen von Schneebesen in großen Töpfen mit rasch aufsteigendem rotem Schaum. Waren diese Menschen sich eigentlich im klaren darüber, was sie taten? Oder waren sie ganz einfach taub? Vielleicht hörten sie nur ihn. Was hieß dann still?

Das Dienstmädchen hielt erneut den Finger vor den Mund, vor einen ziemlich fülligen und schönen Mund, um zu zeigen, wie still man an diesem Ort sein musste.

– Hier dürfen Sie nicht laut sprechen. Die Alte … liegt da oben im Sterben.

Dies war nun eine Situation, die er noch nie zuvor erlebt hatte. Also beschloss Janne, darauf zu verzichten, sich über die Rücksichtslosigkeit zu äußern, eine ganze teuflische Meute von freilaufenden Hunden in Alleen loszulassen, die auch für ehrbare Kaufleute und Reisende befahrbar sein sollten, sowie über die allgemeine Scheußlichkeit des Lebens und seinen eigenen totalen Mangel an Zugehörigkeitsgefühl in dieser Lage. Er hatte wahrlich nicht darum gebeten, hier zu landen.

Hatte er eigentlich darum gebeten, irgendwo zu landen? Überhaupt? In einer feindlichen Welt, in der man offenbar vergessen hatte, die Gebrauchsanweisung beizulegen?

Jedoch, streng erzogen, wie er war, von seiner alleinstehenden christlichen Mutter Olivia da oben im Knektbacken in Hallsta, verzichtete er darauf, dem ersten Gedanken, der ihm nun kam, Ausdruck zu verleihen: Das schert mich doch einen Dreck, und wenn eine ganze Kompanie von alten Frauen hier im Haus im Sterben liegt.

Stattdessen begnügte er sich mit einem deutlich anämischeren: – Ich bitte um Entschuldigung. Ich wusste ja nicht, dass es so schlimm steht.

Und mit einem kleinen Zusatz:

– Es tut mir sehr leid, das zu hören.

Falscher Tag! Also: komplett höllenmäßig falscher Tag! Es war offensichtlich, dass dies kaum der richtige Tag sein konnte, um Küchengeräte zu demonstrieren. War es überhaupt angemessen, an diesem Ort zu bleiben? Was machte er eigentlich hier? Und warum hatte er eine so verdammte Begabung, wohin auch immer er ging, am falschen Tag zu kommen?

Schmerzen im Handgelenk hin oder her – es war wirklich höchste Zeit, sich zum Bahnhof von Kolbäck zu begeben und das Fahrrad in den Schienenbus zu laden. Wenn er sich dann beeilte, müsste es möglich sein, den Abendzug in Dingtuna zu erwischen. Aber das war natürlich ein Glücksspiel. Besonders wenn man berücksichtigte, wie stark der Wind da draußen war. Würde er Gegenwind haben oder möglicherweise einen starken und freundlichen Schubs in den Rücken bekommen, der das blaue Rad und seine verdammte schwere Demonstrationstasche in Fahrt brachte?

Er war in seinen Überlegungen gerade so weit gediehen, als das rundlichste und rotwangigste der Mädchen ihm ganz still, als wäre es eine Selbstverständlichkeit, einen Eimer mit Zimtbirnen und ein kurzes Messer reichte. Es war offensichtlich, dass von ihm erwartet wurde, einen Beitrag zu leisten, wenn er hier sitzen blieb.

Nun waren Zimtbirnen etwas, das er schon von früher Kindheit an kannte und liebte. Sie wuchsen ja im Garten hinter der Werkstatt des strengen Klempners im Knektbacken.

Also schälte er eine Weile. Aufgrund einer allgemeinen Erschöpfung und weil es absolut nichts anderes zu tun gab. Mit dem kleinen scharfen Messer ging es ziemlich leicht. Die Schalen der Birnen ringelten sich und bildeten lustige kleine Ketten aus rotbraunen Zimtbirnenschalen. Die tatsächlich nach Zimt dufteten. Er überlegte, ob es möglicherweise in Ordnung wäre, wenn er sie probierte.

Er tat es und stellte fest, dass er sehr hungrig war. Hatte jemand etwas bemerkt? Vorsichtig nahm er noch eine.

– Das tut man nicht, bemerkte die Köchin mit gedämpfter, aber sehr entschiedener Stimme, mehr war hier offenbar nicht erlaubt.

Janne sah ein, dass er in eine Situation geraten war, eine ziemlich unnötige, muss man wohl sagen, um die er nicht gebeten hatte. Aber jetzt geschah offensichtlich etwas. Eine Tür wurde sehr langsam geöffnet, mit einem unangenehm quietschenden Geräusch, das davon zeugte, dass sich schon seit langem niemand die Mühe gemacht hatte, ihre soliden Angeln zu ölen.

Das Haus, oder jedenfalls seine Küche, schien eine Unzahl von Türen zu besitzen, geschickt eingefügt unter Regalen, in Ecken oder ganz unverstellt in einer Wand, die im übrigen mit Töpfen vollgehängt war.

Es gab also die Tür, durch die er gekommen war, die von der Halle aus hereinführte. Neben vielen anderen Türen. Offenbar war diese Küche mit all ihren Dämpfen, Düften, Herden, Töpfen und Pfannen und ihren Kupferkesseln in Regalen entlang der Wände eine Art Zentrum des Hauses.

Aber diese spezielle schmale Tür hatte Janne erst jetzt bemerkt. Sie war schwer zu öffnen und quietschte, ein Quietschen, das für einen Moment das Geräusch des zunehmenden Windes in den Bäumen vor dem Fenster übertönte.

Es war schwer zu sagen, wann sie gekommen war. Aber da stand jetzt, lautlos aus dem unerforschten Inneren des Hauses aufgetaucht, eine gespenstisch magere, anscheinend uralte, dünnhaarige Frau, in ein weißes Nachthemd gekleidet, das um die nackten Füße herum noch Spuren von Spitzen zeigte. Es musste einmal ein feines Nachthemd gewesen sein. Das Gesicht der Frau war leichenblass, und magerer konnte man sich ein Gesicht kaum vorstellen. Die Augen, groß, blau und starr, als hätte sie irgendwann einen leichten Schlaganfall erlitten, stierten eigentümlich unbeweglich in den Raum. Es waren Augen, die das meiste gesehen hatten, dachte Janne. Vielleicht auch das Schlimmste?

Janne zweifelte keinen Moment. Die sterbende Frau und niemand anders als sie selbst hatte sich wie durch ein Wunder mitten im Sterben unterbrochen. Sie war eine Besucherin in ihrem eigenen Haus.

Und mit einer schwachen, aber sehr deutlichen Stimme rief diese Wiedergängerin in den Raum hinein, so durchdringend, dass sie das Geräusch des Sturms draußen und das Klappern der Ofenluken und der Topfdeckel auf herzhaften Gerichten übertönte: – Preiselbeerbirnen!

Sie sagte es mit lauter und deutlicher Stimme. Und wiederholte es gleich noch einmal, aber jetzt mit bedeutend schwächerer Stimme, als hätte sie den Gedanken schon verworfen: – Nein, aber sind das … Preiselbeerbirnen?

Das letzte Wort sagte sie hingegen mit einer für eine Sterbende überraschend lauten Stimme. Als wollte sie es beweisen.

Und ein unendlich schwaches, aber doch erkennbares Lächeln breitete sich auf ihrem Gesicht aus. In diesem Augenblick erschien sie wie eine Grenzgängerin, die unterwegs von einer Welt zu einer anderen diese Küche mit einem kurzen Besuch beehrt hatte. Sie gehörte bereits einer anderen Welt an. Aber sie war offenbar im letzten Augenblick umgekehrt, um etwas zu holen, was sie vergessen hatte. Erstaunen und ein sanftes Glück schienen wie leichte

Juniwolken über die gefurchte Landschaft zu ziehen, die einmal ihr Gesicht gewesen war.

War das also der Grund dafür, dass sich alle hier so still verhalten hatten? Sie wollten die alte Frau nicht beim Sterben stören. Und jetzt steht sie trotzdem in der Türöffnung. Und gehört zu dieser Welt. Zu einer anderen kann sie ja nicht gehören. Doch sie ist schon so nahe an ihrer Grenze, dass sie, wäre es eine gewöhnliche Wand und nicht Die Wand, diese mit der Hand hätte berühren können. So werden die sterbenden Alten für einen Augenblick zu Besuchern. Es gibt einen Moment, in dem sie unterwegs zu sein scheinen, zugleich zu uns hin und von uns weg.

Die Leichenblasse wollte einen Schritt in die Küche hinein tun. Aber genau da tauchte jemand hinter ihr auf, der sie anscheinend vorsichtig zurückziehen wollte, in den dunklen Raum hinein, aus dem sie herausgetreten war. Und in diesem Moment erblickte sie Janne. Janne fand das ein bisschen unangenehm. Als würde er von jemandem betrachtet, der kein Recht mehr darauf hatte. Doch ihr Blick drückte weder Billigung noch Missbilligung aus, nachdem er ihn in den Fokus genommen hatte. Für einen Moment sah sie ihn mit einem Ausdruck an, der einem Wiedererkennen glich. Ihr Gesicht leuchtete auf.

Janne gelang es nicht, sich wieder zu sammeln, ehe diese merkwürdige fremde Frau, mit einem Gesicht so bleich wie ein frisch gewaschenes Laken und dem weißen Haar in langen Strähnen, wieder verschwunden war. Jemand musste sie in das Zimmer zurückgezogen haben, in dem sie erwartungsgemäß ihre letzten Stunden verbringen sollte. Sie lächelte so freundlich. Kann es wirklich sein, dass sie mich für einen anderen gehalten hat?, fragte sich Janne. Das geschieht ja leicht mit all diesen Gesichtern, die man in einem langen Leben auseinanderhalten muss.

Die ganze Szene hatte sich so rasch abgespielt, dass er nicht ganz sicher war, ob sie zur Wirklichkeit gehörte. Oder nicht. Vielleicht war es eine seiner Phantasien. Jan hatte seit jeher ein sozusagen poröses Verhältnis zu dem gehabt, was die anderen hartnäckig für die »Wirklichkeit« hielten. Träume – gehörten die vielleicht nicht zur Wirklichkeit?

Klar, wenn man im Traum etwas sieht, eine Kristallvase, Johanniskraut mit zarten gelben Blüten an den langen Stielen, oder warum nicht etwa ein schönes Mädchen, dann ist es schwierig, sie in den Raum zu versetzen, in dem man aufwacht.

Aber Ereignisse von gestern oder vorgestern sind ja auch nicht leicht zu versetzen. Gibt es eigentlich einen Unterschied zwischen einem Traum und dem Vergangenen?

Solche Gedanken tauchten manchmal in Janne auf. Gott weiß woher. Sie dienten als eine Art Schutz. Vielleicht hatte das während der langen, tristen Stunden in der Volksschule angefangen? Es ist sicher nicht gut, dachte er, jene zu stören, die gerade im Begriff sind, die Seele vom Körper zu lösen. Sie haben schon einen Fuß im Türspalt. Es ist nicht angemessen, mit ihnen zu verkehren. Sie können von dort Mächte heranziehen. Von der anderen Welt in diese hinein.

– Könnte der Herr so freundlich sein, sich ins Herrenzimmer zu begeben! Und dort zu warten. Nicht hier draußen in der Küche. Hier haben wir keinen Platz für ihn.

Die Stimme hinter ihm war nicht laut, aber bestimmt. Es blieb ihm wohl nichts anderes übrig, als den Anweisungen Folge zu leisten. Aber Janne war noch immer so fasziniert von der alten Frau und ihrer entschwindenden Erscheinung, dass er zusammenschrak, als die stattliche breithüftige Köchin ihren Befehl ausstieß. Es fiel ihm schwer, ihr zu widersprechen: Sie hatte gesehen, wie er eine Birne aus dem Korb mit den ungeschälten stibitzt hatte. Das reichte vermutlich. Wahrscheinlich hatte sie schon eine ziemlich gefestigte Meinung, was für eine Person er war. In der Küche war er wie ein Bettler aufgetreten, stattdessen hätte er sich eigentlich als Herr auf Besuch vorstellen sollen. Aber was für eine soziale Stellung hat eigentlich ein Electrolux-Vertreter, der in ein Herrenhaus kommt? Gehört er in die Küche oder in den Salon? Es wäre angemessen gewesen, wenn er darum gebeten hätte, den Herrn des Hauses oder die Herrin sprechen zu dürfen, als er über die Schwelle trat. Er begann darüber nachzudenken, wie er es gewöhnlich machte. Kam aber nicht darauf, ob er einen Haushalt auf eine bestimmte Weise betrat. Gewöhnlich ergab sich das ganz von allein. Warum hatte er sich nicht vorgestellt? Weil diese Küche mit ihrem Geklapper, ihren Dünsten und ihren lebenden Toten eine paralysierende Wirkung gehabt hatte. Warum hatte er automatisch damit begonnen, wie ein Bettler aufzutreten? Als wäre das für ihn selbstverständlich. Und was war jetzt geschehen? War es als Fortschritt zu betrachten, dass man ihn ins Herrenzimmer bat? War er jetzt eine Art Herr geworden? Ihm kam in den Sinn, dass noch niemand gefragt hatte, wer er war, und er hatte auch nicht versucht zu erklären, was er wollte, warum er hierhergekommen war und mit welchem Anliegen. Und was wollte er? Ein Küchengerät verkaufen? Kiessplitter aus einer wunden Handfläche spülen? Und wieder verfluchte Janne Friberg seine Bescheidenheit, seinen Mangel an Selbstbewusstsein, diese ganze verdammte Zurückhaltung, die ihm seine freireligiöse Mutter eingetrichtert hatte.

Sollte er es also als Fortschritt werten? Vielleicht war er ja wirklich ein Herr? Jedoch nicht der Lage.

– Treten Sie ruhig ein. Die Frau des Hauses wird schon kommen. Wenn sie kommt. Sie hat viel zu tun. In dieser Situation.

– Natürlich. Danke. Ich verstehe, dass es viel zu tun gibt.

– Wir müssen ja den Leichenschmaus vorbereiten. Es werden Verwandte erwartet.

Was war das für ein Haushalt, in dem man Beerdigungen für jemanden vorbereitete, der noch am Leben war? Und was sollte das mit den Preiselbeeren? Was sie um Gottes willen mit dem Leichenschmaus meinte, war Janne Friberg gänzlich unverständlich. Und die Preiselbeerbirnen? Ist das der Duft des Lebens, wenn man sich so weit davon entfernt hat? Am Horizont des Lebens steht. Der Duft von Preiselbeerbirnen? Reichte der Duft von Preiselbeerbirnen von allen Düften am weitesten hinaus zum Horizont, hin zum Unbekannten? Vielleicht war die alte Dame, die so unsanft in die dunkle Kammer zurückgezogen worden war, keine Lebende, sondern ein Gespenst? Oder war jemand anders gestorben? Was, wenn man möglicherweise die Toten mit den wohlbekannten Düften des Lebens herbeirufen konnte! Welcher Duft würde ihn selbst ins Leben zurückziehen können?

Er wusste es. Es war der Duft von frisch erblühtem Flieder. Ja, Fliederduft musste es sein.

Dann öffnete sich also der nächste Raum für Jan V. Friberg vom Svenska Electrolux Försäljningsaktiebolag.

Der Raum mit den Kronleuchtern
―――――

Mittlerweile müde, verfroren und insgesamt verwirrt, fiel Jan Viktor nichts Besseres ein, als ein paar Schritte in diesen angenehm warmen Raum hinein zu tun. Also machte er genau das.

Der Raum war spärlich beleuchtet. Die Kronleuchter, mindestens zwei, die man oben im Halbdunkel an der Decke ahnen konnte, waren gelöscht. Das einzige Licht kam von einer Leselampe, die neben einem soliden, offenbar sehr bequemen Ledersessel plaziert war. Es gab sogar einen Fußschemel, mit demselben Leder überzogen, und einen kleinen Beistelltisch daneben. Auf ihm ein Stapel Bücher, der die gesamte Tischplatte bedeckte. Oder, falls es keine Bücher waren, was war es dann? Das leise Knistern von einem Feuer hinter den Kachelofenluken zeugte davon, dass das Zimmer tatsächlich kürzlich von einem oder mehreren Menschen genutzt worden war.

Nach den sonderbaren Erlebnissen der letzten halben Stunde hatte er das Gefühl, schon stundenlang hier zu sein. Geschah etwas mit der Zeit? Oder mit seiner Vorstellung davon? Er hätte sehr gern gewusst, wohin die sterbende alte Dame verschwunden war. Wo mochte sie sich in diesem Moment befinden? Vielleicht war sie mittlerweile fertig mit dem Sterben? Das wäre wohl das Einfachste. Aber wie immer es nun stand, er konnte kaum etwas daran ändern. Dass sie wirklich war und keine Erscheinung, die nur um seinetwillen gekommen war, musste er wohl doch annehmen.

Dieser Teppich war weich, und er sank mit den Füßen ein. Einen solchen Teppich, dachte er, hätte ich selbst gern. Mit etwas so Weichem unter den Füßen würde man sich zu Hause viel heimischer fühlen.

Es war nicht hell genug, um wirklich sehen zu können, was für eine Art Teppich das war. Vermutlich orientalisch, sagte er sich. Ohne wirklich sicher zu sein, wie ein Teppich aussehen musste, damit er orientalisch war. Dieser Raum war in der Tat ein richtiger Herrenhaussalon. Nicht riesig, aber groß genug, um zu imponieren. Die hohen Fenster zum Park hinaus sollten dieses Zimmer bei Tageslicht – oder, sagen wir, in einer traumhaften Juninacht, wenn der leichte Sonnenaufgangswind einen weißen Vorhang an einem versehentlich offen gelassenen Fenster in eine tanzende Bewegung versetzte – zu einem sehr hellen und nahezu heiteren Raum machen können. Bei Tageslicht und schönem Wetter. Aber so war es jetzt nicht. Die Fenster waren dunkle, leere Spiegel, die hin und wieder leicht zitterten, wenn die heftigsten Windböen daran rüttelten. Offenbar waren die Innenfenster noch nicht wieder angebracht worden, seit man sie für den Sommer herausgenommen hatte.

In Situationen wie diesen hatte Janne seit jeher die Gewohnheit, seine Besitztümer durchzugehen, als könnte ihm das helfen, Ordnung ins Chaos zu bringen. Eine Art Bestandsaufnahme, könnte man sagen. Die Fahrradklammern spannten sich noch immer um die Hosenbeine, die fürchterlich bekleckert und lehmig waren. Er nahm sie vorsichtig ab und versuchte sie in der Brusttasche zu verstauen. Nur um zu entdecken, dass seine braune Rückfahrkarte Västerås–Kolbäck sich dort befand, wo sie sein sollte. Nach allem, was geschehen war, ein wenig zerknittert und zerfranst, aber sie war da. Als Garantie dafür, dass es einen Rückweg geben würde, war sie möglicherweise nicht sehr viel wert, da er keine Ahnung hatte, wie er mit diesen schmerzenden Handgelenken zum Bahnhof würde gelangen können. Im linken brannte es, als würde es sich in einem besonders scheußlichen Zustand befinden – trotzdem hatte die Fahrkarte so etwas wie symbolischen Wert. Die Brieftasche steckte an ihrem Platz, und darin war alles, was dort sein sollte. Ein graubrauner Fünfzigkronenschein und ein grauer Zehner, der Führerschein in seinem braunen Lederfutteral mit Foto und Geburtsdatum, ebenso die Mitgliedskarte der Kooperativa und sein Ausweis von Electrolux. Außerdem zwei Fotografien. Die eine mochte er nicht mehr so gern ansehen. Der Anblick der anderen machte ihn niedergeschlagen.

Sorgfältig verstaute er die Brieftasche wieder in der Gesäßtasche, nahm die Uhr der Marke Hermes ab und zog sie vorsichtig auf. Auch sie hatte bei dem Sturz keinen Schaden erlitten, möglicherweise war ein weiterer Kratzer im Glas. Aber das machte nichts. Da waren schon so viele Kratzer. Er hielt die Uhr unter die Leselampe und schaute mit gerunzelter Stirn nach, was sie zu berichten hatte. Es war schon unangenehm spät. Und Janne Friberg hatte keine Ahnung, was als nächstes geschehen würde.

Es klapperte, als der Wind an den hohen Fenstern rüttelte. Vielleicht war es ein Ast, der anklopfte und hereinwollte. Und wieder fiel ihm auf, dass niemand die Gelegenheit oder Kraft gehabt hatte, die Innenfenster anzubringen.

Die alte Dame hatte sich vielleicht sehr viel Zeit zum Sterben genommen. In solchen Situationen hatten es die übrigen Familienmitglieder vermutlich nicht geschafft, Innenfenster hin oder her zu heben. Janne kam der Gedanke, dass er bisher nur die Leute in der Küche gesehen hatte und nur sie ihm ihre Aufmerksamkeit geschenkt hatten. Es lässt sich nicht leugnen, dass er allmählich wirklich neugierig war, wer dieses Herrenhaus besaß. War nicht von einem Forstmeister die Rede gewesen? Oder hatte er sich das nur eingebildet?

Die Fenster waren hoch, es war sicher nicht ganz leicht, die Innenfenster einzusetzen und herauszunehmen. Bestimmt waren sie schwer. Hin und wieder schlug ein heftiger Regenschauer gegen die Scheiben. Die bemalten Kacheln auf dem viereckigen Ofen, nannte man sie nicht Majolika? Auf dem Kaminsims drängelten sich ein paar niedliche Porzellanfiguren. »Königl. Dänisch«, stand auf dem Boden dieser Schäfer und Schäferinnen, die Janne vorsichtig umdrehte.

Er fühlte sich plötzlich allzu müde, um zu stehen oder zu gehen, und ließ sich zögernd auf dem Sessel nieder. Der war bequemer, als er angenommen hatte. Eigentlich war das ein sehr gemütlicher Raum. Der Wind da draußen und das Geplauder der Kachelofenluken, all das machte ihn schläfrig.

Aber das war doch wohl nicht der richtige Augenblick, um einzuschlafen? Ohne sich mit seinem Anliegen vorgestellt zu haben, in einem fremden Haus, einem Totenhaus sogar? Was sollte der Forstmeister denken, wenn er ihn schnarchend in seinem eigenen Wohnzimmer vorfand? Das wohl Herrenzimmer hieß, da es zu einem Herrenhaus gehörte. Wer war dieser Forstmeister überhaupt?

In einer Ecke stand ein schwarzer und abweisend feierlich wirkender Steinway-Flügel. Ein grünes Tuch schützte den Lack des Deckels. Darauf waren zwei solide Kerzenhalter plaziert, deren weiße Stearinkerzen anscheinend zuletzt vor langer Zeit nur kurz angezündet worden waren. Zwischen den Silberleuchtern stand eine kleine Glasglocke, die offenbar einen wertvollen Gegenstand schützte. Janne beugte sich vor, nur um festzustellen, dass es eine silberne Taschenuhr war. Möglicherweise sehr alt, eines dieser Modelle, die mit einem speziellen kleinen Schlüssel aufgezogen werden. Und der Schlüssel lag neben dem grünen Samt, der als Unterlage für die Glocke diente.

Seltsam. Die Uhr war offenbar in Gang und zeigte halb acht. Konnte es wirklich schon so spät sein? Bestimmt ging diese Uhr falsch. Oder sie zeigte die Zeit in einer anderen Zone an. Jan Friberg, der sich noch nie in einer anderen Zeitzone befunden hatte als in seiner eigenen, fiel es schwer, das zu glauben. Aber war es nicht recht seltsam, dass sich offenbar jemand die Mühe machte, die Uhr aufzuziehen? Dieses Zimmer war nicht ohne Geheimnisse, so viel stand immerhin fest.

Janne hatte immer eine Vorliebe für Kachelöfen gehabt, besonders für große, reich verzierte Kolosse. In der Stadt, in Västerås also, waren sie immer seltener anzutreffen. Sie wurden abgerissen und auf die Müllkippe geworfen und durch triste, staubfangende Heizkörper ersetzt. Mit den alten Kachelöfen war es ja so, dass man die Wange an die warme, blanke Kachelfläche legen und sich für einen Augenblick geliebt fühlen konnte. Wenn auch von jemandem, der weder einen Namen noch eine Seele besaß.

Auf dem Sims standen verschiedene lustige Dinge. Ein

Schiffsmodell, etwas größer als ein Schuhkarton, ein bis ins kleinste Detail ausgeführter Zweimaster. Er schien ziemlich flach zu liegen, war gaffelgetakelt und hatte ausnehmend hohe Masten. Im Heck befand sich ein schmuckes Achterhaus, in dem man sich wohl die Besatzung vorstellen sollte, und eine Reihe detailgenau angefertigter kleiner Tonnen deutete eine Deckladung an. Aber das war ja eine Kogge! So sahen die Schiffe aus, die noch in den dreißiger Jahren auf dem Strömholms-Kanal hin- und herfuhren. Bevor die Dampfschiffe mit ihren langen Schleppzügen sie ersetzten.

Es war ein feines Modell. Der Besitzer war vielleicht Mitglied im Vorstand der Aktiengesellschaft Strömholms-Kanal gewesen? Alles war möglich.

Glaubte Janne.

Zerstreut drehte er den anderen Schmuckgegenstand in der Hand. Es war ein elegantes Etui von der Art, in dem Medaillen, Orden, vielleicht auch alte Uhren verwahrt werden. Er überlegte, ob er es öffnen sollte, verzichtete aber dann darauf. Es könnte einen schlechten Eindruck machen, dabei erwischt zu werden, wie man an dem Verschluss herumfingerte, der in dem dunkelroten Saffianleder fast verborgen war. Wenn jemand hereinkäme.

Was erwartete man jetzt von ihm? Ihm wurde klar, dass es bald Erklärungen bedürfen würde. Konnte man ihn nicht ganz einfach in Frieden lassen? Janne war in diesem Augenblick so müde und hatte derartige Schmerzen, dass er sich nicht richtig sammeln konnte, um diese Frage zu überdenken. Dieser bequeme Sessel schien einen wenn auch höchst vorläufigen Schutz gegen eine Außenwelt mit rasch sich auftürmenden Bedrohungen zu bieten. Wie stand es eigentlich um seine Handgelenke, die Speichen im Unterarm? Würde er die Tour zum Bahnhof von Kolbäck bewältigen? Wenn er Anna-Stina anriefe und ihr berichtete, dass er hier hängengeblieben war und vielleicht würde übernachten müssen – würde sie ihm glauben? Und stand er mit ihr überhaupt noch auf so gutem Fuß, dass er Lust hatte, sie anzurufen? Außerdem – gab es irgendeinen Grund, weswegen die noch immer unsichtbare Familie hier im Haus die geringste Lust haben könnte, ihn übernachten zu lassen?

Ja. Er hatte Schmerzen. Und obendrein waren beide Hosenbeine an den Knien von dem verdammten Alleekies zerrissen. War das Grund genug, um eine Übernachtung zu bitten? Andererseits hatte ihn wirklich niemand hereingebeten. Nicht einmal er selbst.

Alles was er jetzt wollte, war, tief in diesen Sessel versunken sitzen zu bleiben und zu vergessen, wo er war und wohin er unterwegs war, kurz gesagt, sich einen Augenblick von diesem eigentümlichen, bedrückenden und aufreibenden Gefühl zu befreien, jemand Besonderer sein zu müssen, das ihm als die größte Unannehmlichkeit des Menschseins erschien.

Aber es gehörte sich einfach nicht, hier zu sitzen und einzuschlafen.

Zögernd streckte er sich nach dem Bücherstapel auf dem Tisch aus. Die drei obersten Bände waren offenbar Gedichtsammlungen. Die beiden ersten in hübscher Broschur, *Euphrosyne* und *Samothrake* hießen sie. Mit schönen schwarz-weißen Vignetten. Die eine stellte eine antike Statue dar, die andere eine Küstenlandschaft mit einem angedeuteten Wanderer im Hintergrund. Ein Strandwanderer. Es schien, als hätte derselbe Künstler die beiden Umschläge gestaltet.

Von dem Poeten, Oswald Grane, hatte Janne noch nie etwas gehört. Zwischen zwei Seiten lag ein dünnes Blatt Papier, auf dem in einer zierlichen, leicht runden, vielleicht nicht ganz maskulinen Handschrift geschrieben stand:

Ach, all diese kleineren Winkel und Dickichte des Privatlebens! Wer wagt es, sich an all seine Handlungen zu erinnern? Und am allerwenigsten an die, welche wir ausführen, ohne sie auch nur uns selbst anzuvertrauen?

Er steckte das Blatt vorsichtig an seinen Platz zurück.

Das dritte Buch war ein elegant gebundener Halbfranzband, aber den legte er unbesehen zur Seite, als er entdeckte, was zuunterst auf dem Seidentuch lag: ein Fotoalbum im Quartformat, in seinem weichen, dunkelroten Saffianleder angenehm in der Hand zu halten. Wie eine Liebkosung. Es hatte dicke Blätter mit schönen sepiafarbenen Fotos auf beiden Seiten, sorgfältig in Zelluloidecken gesteckt. Aber ohne Anmerkungen oder Untertitel, die verraten konnten, wo oder wie die Bilder aufgenommen worden waren. Oder von wem. Es waren viele, vielleicht um die dreißig. Das wird mir helfen, mich wach zu halten, dachte er. Jan Friberg war ja selbst Fotograf. Aber wie es sich nun fügte, gelangte Janne nicht über die ersten zehn hinaus, ehe er gewollt oder ungewollt in tiefsten Schlaf versank.

Wie es sich nun fügte.

Das erste Bild war erstaunlich schön. Es war kein Atelierbild, sondern draußen im Park aufgenommen worden. In irgendeinem Park. Zweifellos.

Es war also im Freien gemacht worden. An einem Frühlingstag, vor einem blühenden Fliederbusch im Hinter-

grund. Das schöne Mädchen in einem Kleid, das wohl blau war – obwohl die Sepia das kaum erkennen ließ, vielleicht war es auch einfach weiß, aber das Mädchen stand im Schatten –, wer mag sie sein? Vor einem blühenden weißen Fliederbusch im Hintergrund hält sie selbst Flieder in der Hand. Hat sie ihn gepflückt, oder hat jemand ihn ihr gegeben? Wie heißt sie? Was wartet auf sie? Nimmt sie den Duft des Flieders wahr? Das muss sie wohl. Und das Kleid, das so weich an ihr herabfällt, es ist doch wohl eher blau?

Die Wellen draußen sind immer deutlicher zu hören, und hin und wieder peitschen Äste gegen die Fenster. Die Bäume vor dem Haus sind wohl lange nicht mehr gepflegt und beschnitten worden. Mit einem Schauder stellt er sich den nassen Teppich von nie zusammengerechtem Laub vor, der nach all den heimlichen Prozessen von Fäulnis und Pilzbildung riecht, die der Herbst mit sich bringt, da draußen unter den alten Ahornbäumen, die geduldig einem Wind standzuhalten versuchen, der sie alle früher oder später fällen wird.

Schwer geplagt, pflegte Janne zu versuchen, ein anderer zu werden. Das war am leichtesten. Mal war er sein Verwandter, der selbstbewusste alte Kanalschiffer Bergholm im Kanal von Strömsholm, der drei Schleppkähne durch das Gatt bei Sundbo bugsieren konnte, ohne sie voneinander abzukoppeln. Mal tat er so, als sei er der Klempner Claes Friberg, gebieterisch durch die Werkstatt spazierend. Die Hände auf dem Rücken, aufmerksam auf alles achtend, was geschah, dabei furchtlos gegenüber dem aggressiven Dröhnen der Transmissionsriemen unter der Decke, dem schrillen Kreischen der Blechscheren, dem Keuchen der Gebläse unter den Kohlebecken, nicht unähnlich dem Keuchen der mythologischen Drachen, das Janne manchmal gegen Ende der Nacht von Traum zu Traum verfolgen konnte, wenn das kalte Porzellanlicht des Winters die Jalousien allmählich zu etwas anderem und Bedrohlicherem wandelte als nur einen Teil der Dunkelheit.

Und hin und wieder, nicht selten – das erzählte er nicht gern jemand anders –, spielte er, er habe ein Mädchen, ein Phantasiemädchen, zur Freundin.

Dieses Mädchen, das er nach Belieben hervorrufen konnte und das nie etwas dagegen hatte, mit ihm zu reden, nannte er Irene.

Erschöpft, gleichgültig gegenüber dem, was als nächstes passieren würde, und in dem Bewusstsein, dass die Schmerzen in den Handgelenken zumindest für einen Augenblick nachgelassen hatten, vielleicht deshalb, weil er ganz einfach im Begriff war, zumindest im linken das Gefühl zu verlieren, fiel Jan Friberg in einen unruhigen Schlaf, in dem alle Ereignisse und Unbegreiflichkeiten sich zu dem Fliederduft gesellten und zu einem Traum entfalteten. Er war lang, und er war eigentümlich kompliziert. Und der eigensinnige Fliederduft schwebte beharrlich über allem.

Irene geht zum Zug

Hier ist überhaupt nicht Oktober.

Im Gegenteil, könnte man sagen. Und die Zeit ist eine andere. Jetzt ist Mitte Mai, genauer gesagt der 17. Mai, ein Tag, von dem ja alle wissen, dass es der norwegische Nationalfeiertag ist, nach der Verfassung, die an diesem Tag im Jahr 1814 im Herrenhaus von Eidsvoll da oben im Gudbrands-Tal unterzeichnet wurde.

Es muss wohl einer der schönsten Tage dieses Frühlings sein, vielleicht des ganzen Jahres, denkt die siebzehnjährige Irene, als sie auf dem mittleren Parkweg zwischen blühenden Fliederbüschen dahingeht.

Ohne in Betracht zu ziehen, dass dies tatsächlich sogar der schönste Tag ihres ganzen Lebens sein könnte – man weiß ja nie –, geht sie beschwingten Schrittes zum Bahnhof von Kolbäck – wo man in den fünfziger Jahren noch vom Schienenbus in den Zug umsteigt – und weiter nach Västerås.

Sie ist auf dem Weg hinaus in die Welt. Genauer gesagt zum Volksschullehrerinnenseminar in Västerås. Um den Hals trägt sie eine einfache kleine Kette aus imitiertem Bernstein, die manchmal den Sommerhimmel über ihr spiegelt. Ihr hellblaues Leinenkleid ist frisch gebügelt. Sie hat die Haare streng im Nacken zusammengebunden, aber ein kühner Pony im Stil der zwanziger Jahre fällt ihr in die Stirn. Auf eine exzentrische, etwas swingende Art. Ihrer Mutter gefällt er nicht. Er erinnert zu sehr an Jazzmusik und kurzberockte Ausgelassenheit. Irene trägt einen Koffer, der ebenfalls etwas vorgibt. Er gibt vor, aus Leder zu sein, ist aber aus Pappe.

Sie hat einen Zettel, auf dem ganz genau beschrieben ist, wohin sie vom Bahnhof in Västerås aus gehen soll. Aber es sind noch mindestens vierzig Minuten bis zur Abfahrt des Zuges.

Zwei Saufbolde winken fröhlich, als sie im Park an einer Bank vorbeikommt, und Irene nickt – etwas verlegen, aber nicht unfreundlich – ihnen zu. An einem so wunderbaren Frühlingstag wie diesem haben auch Saufbolde ein Existenzrecht. Als nächstes kommt Ingenieur Dimmling vom Hüttenwerk, mitten im Mai in einem dunklen Mantel, mit ernster Miene und einer schwarzen Mappe in der linken Hand. In der rechten schwenkt er den Spazierstock, aus spanischem Rohr mit Silberkrücke, eine Gabe zum vierzigsten Geburtstag, kann man vermuten. Der gerade in der Zeitung vermeldet wurde. Also der Tag. Der Ingenieur – kommt er aus Västerås oder vom Hüttenwerk unten? das ist nicht zu sagen – grüßt sehr freundlich. Er kennt sie ja von früher, als sie im Tabakladen gestanden hat, wo er umständlich seine Zigarillos zu wählen pflegt. Am liebsten von der Marke Tärnan. Die Verpackung, ein hübscher Mahagonikasten, ziert auf der Oberseite ein schönes Bild von einer fliegenden Seeschwalbe vor einem blauen Hintergrund. Wenn er vom Bahnhof kommt, würde das bedeuten, dass der Zug aus Västerås eingetroffen ist. Aber sie will ja gottlob in die andere Richtung. Es eilt also überhaupt nicht.

Und der Ingenieur, eine höchst bedeutende Person, verschwindet um die Ecke, nachdem er den Hut gelüpft und Irene einen anerkennenden Blick zugeworfen hat.

An den mächtigen Fliederbüschen am Ende des Parks kann man einfach nicht vorbeigehen. Rasch drückt sie ihr Gesicht in die Masse der weißen und violetten kleinen Blüten und lässt sich von der Welle der aromatischen Düfte davontragen. Oder in verbotene Welten, wohin niemand anders ihr folgen darf.

Sie kann der Versuchung nicht widerstehen, obwohl es vielleicht verboten ist – fast alles, was Spaß macht, ist ja verboten –, ein paar Zweige von diesem duftenden und geheimnisvoll verlockenden Reichtum abzubrechen. Einen weißen und zwei violette. Die dürfen mit nach Västerås, denkt Irene, ohne zu überlegen, wie sie die Zweige bis dahin feucht und frisch halten kann.

Jetzt überquert sie also die Stationsgatan und geht in das Bahnhofsgebäude hinein. Ein muffiger Geruch nach weggeworfenen Apfelsinenschalen und schwammigem Holz schlägt ihr drinnen entgegen, in einer unerwarteten Dunkelheit. Aber hinter den schlecht geputzten Fenstern des Fahrkartenschalters kann man die blanken Messingteile des Bahnhofstelegraphen erahnen: Das Rad mit dem Papierstreifen setzt sich gerade in Bewegung. Und sie fragt sich, warum der Bahnhofsvorsteher Ortman, ein rundlicher und sehr rotbackiger Herr, die Stirn in so tiefe Falten legt, um dann, den Flaggenstab in die Armbeuge geklemmt, hinaus auf den Bahnsteig zu rennen. Es ist doch wohl nichts Besonderes passiert?

Irene hätte ja gern ihre Fahrkarte gelöst, aber jetzt ist niemand da, der sie ihr verkaufen würde. Niemand will Fahrkarten verkaufen.

Also tritt Irene in die sengende Maisonne hinaus, an der Vorderseite des Bahnhofsgebäudes, die zu den doppelten Gleisen ausgerichtet ist und wo sich die Weichen mit verschiedenfarbigen Rädern und Griffen fernsteuern lassen, die alle an einem respekteinflößenden grünen Pult angebracht sind.

Was sie jetzt erblickt, ist der Stationsvorsteher oder Bahnwärter, wie es ja auch heißt, wie er umgeben ist von einer bunten Schar von mindestens acht Personen aus verschiedenen Gesellschaftsklassen, darunter eine alte Bauersfrau mit Haube, ein gebieterischer Mann mit Aktenmappe vom Hüttenwerk – oder ist es der kommunale Buchhalter? – zwei junge Männer mit Sportmützen, offenbar ohne Anstellung, sowie ein kastanienroter Setter, der niemandem zu gehören scheint.

– Ja, das kann noch lange dauern.

Das hört sie gerade den Stationsvorsteher sagen, als sie die Gruppe erreicht hat.

– Was dauert?

Bis der nächste Zug kommt, teilt derjenige mit, der vielleicht der kommunale Buchhalter ist. Es ist nämlich so, dass der einfahrende Zug bei Nybygget mit einem Lastwagen von der Zementfabrik zusammengestoßen ist. Da oben liegen Zementrohre auf der ganzen Strecke. Das ist kein kleines Unglück, kann ich dem Fräulein versichern.

Hier fand der Bahnwärter, der sich zuvor zu fein dafür gewesen war, sich in die Diskussion einzumischen, es angebracht, ein Wort mitzureden: – Es kann den ganzen Tag dauern, vielleicht zwei. Das Fräulein kann genauso gut wieder nach Hause gehen. Und den schönen Frühlingstag genießen. Und sich um ihren Hund kümmern. Das wird wohl das Beste sein.

– Meinen Hund?

– Ja, das versteht das Fräulein doch, dass Hunde nicht ohne Leine hier auf dem Bahnhofsgelände frei herumlaufen dürfen.

– Mein Hund? Aber es ist nicht mein Hund.

– Ja, dann muss sich das Fräulein wohl trotzdem um ihn kümmern. Er kann ja leicht vom Zug überfahren werden. Man sieht doch, dass es ein feiner irischer Setter ist. Es wäre schließlich schade, wenn einem so feinen Hund etwas zustoßen würde.

– Aber es gehen doch keine Züge. Es kann ja Tage dauern, hat er gerade gesagt, warf die Alte ein und stellte vorsorglich die mit Papierschnüren umwickelte Margarineschachtel ab, die sie in ihrer bläulich angelaufenen Hand hielt.

– Dann ist es doch wohl kaum möglich, dass der Köter überfahren wird, sagte der größere der beiden Jungen.

– Jetzt ist das Fräulein so nett und nimmt ihn an die Leine. Und bringt ihn von hier weg.

Es war ziemlich offensichtlich, dass der Bahnwärter ein Mann war, der wusste, was er wollte, und ungern jemand anders die Initiative ergreifen ließ. Nun hatte Irene schon einen Koffer, eine kleine Handtasche aus Lederimitat – genau wie der Koffer – und einen üppigen, duftenden Fliederstrauß, um die sie sich kümmern musste. Wenn noch ein lebhafter irischer Setter dazukäme, würde es schwierig werden. Und außerdem war es ja nicht ihr Hund.

– Ich kann dir helfen, bot ein Mädchen an.

Irene hatte es tatsächlich bisher nicht bemerkt. Es schien irgendwo im Hintergrund gestanden zu haben, wo Irene es nicht hatte sehen können. Das Mädchen war genauso groß wie sie selbst, blauäugig und jung, hatte aber rotes, fast feuerrotes Haar, nicht blondes wie Irene. Von ihrem dunkelblauen Baumwollkleid, das bis weit über die Waden reichte, löste sie den Gürtel und legte ihn behutsam um den Hals des Setters. Und dieser schien nichts dagegen zu haben. Offenbar war er es gewohnt, an der Leine zu laufen.

– So, jetzt ist es leichter. Wohin gehen wir?

– Ich habe keine Ahnung. Es ist nicht mein Hund, und ich selbst will nach Västerås.

– Aber wohin will denn der Hund?

– Wer ist der Hund? Du kannst auch fragen: Wem gehört der Hund?

– Jemand hat gesagt, er gehöre einem Fotografen, antwortete das Mädchen.

– Warum ist er dann nicht hier und kümmert sich um seinen Hund?

– Er ist wohl woanders. Kann man vermuten.

– Mag sein.

Der Fotograf

Fotografie war etwas Wichtiges. Sie gehörte ganz ihm selbst, nicht der aufgezwungenen Welt da draußen. Im Unterschied zu den Aufträgen auf roten Bestellblöcken, punktierten Ballonreifen und blödsinnigen Haushaltsgeräten, ohne die die Menschheit jahrtausendelang ausgekommen ist und sicher noch ein paar Jahrtausende auskommen würde. Falls es nötig wäre.

Die Fotografie war etwas, was ihm niemand wegnehmen konnte. Nicht einmal er selbst. Auch wenn weder er selbst noch jemand anders das zugegeben hätte. Falls man sie gefragt hätte. In den zwanziger Jahren sprach man in Hallsta nicht über solche Dinge. Mittlerweile äußerte sich dieses Empfinden meist in einem wiederkehrenden Traum, in dem er Türen zu Zimmern zu finden und zu öffnen schien, große, unerwartete Zimmer, die im Traum mit den verschiedenen bescheidenen Wohnungen zusammenhingen, in denen er tatsächlich bisher gelebt hatte. Einige von diesen nur geträumten Räumen konnten sich angenehm warm anfühlen. Aber die anderen waren meist groß und erschreckend.

Vielleicht war es die Ähnlichkeit zwischen diesen Träumen und der Situation, in der er sich gerade befand, die ihn für einen Moment erschaudern ließ. Warum war er hier?

Warum musste er so tun, als sei er ein Vertreter? Musste er überhaupt so tun, als sei er jemand Besonderes?

Natürlich war er eigentlich Fotograf. War er das etwa nicht?

Ein Zufall kam ihm zu Hilfe und ließ ihn etwas von sich selbst entdecken, was er nicht wusste. Als er gerade die Volksschule abgeschlossen hatte, bekam er ganz überraschend eine Kamera, einen dunklen und verheißungsvollen Kasten. Sie hatte einen Namen. Sie trug die magische Bezeichnung Kodak No. 2A. Brownie Model B. Es war in dem Jahr, in dem er sechzehn wurde. Also 1923.

Er erhielt sie von jemandem, der normalerweise keine Sachen verschenkte, der Janne aber aus irgendeinem Grund mochte. Es war der Klempner Claes Friberg, der ihn unerwartet mit dieser Kamera überraschte. Und eine Überraschung war es wirklich. In dem großen, immer etwas verwahrlosten Haus des Klempners gab es eben nicht nur zwei Läden an der Vorderseite und die etwas altmodische Klempnerei an der Rückseite. Es war ein ziemlich lärmendes und langgezogenes Gebäude, das sich auf seltsame Art zu einer sehr schönen Gruppe von Birnbäumen gesellte. Die Zimtbirnen, fand Janne, waren die allerbesten. Unterm Dach gab es auch zwei Zimmer mit Küche, die Jan Friberg mit seiner Mutter bewohnte. Seit zehn Jahren war sie Witwe. An der Rückseite befanden sich der Garten und die Werkstatt, in der fleißige Klempner die ganze Nachbarschaft schon gegen sechs Uhr früh mit ihrem Hämmern und Sägen, Biegen und Falzen weckten. In der schönen Jahreszeit.

Zu der Kamera gehörten ein paar Filmrollen – 6 x 9 cm sollte es sein, nichts anderes, acht Belichtungen pro Rolle –, die in fast vollständiger Dunkelheit in die Kamera eingesetzt werden mussten. Was viel Geschicklichkeit erforderte. Kopierpapier, Entwicklungsbad, Fixierungsflüssigkeit und die rote Kugel, die über die nackte Glühbirne der Waschküche gestülpt wurde, kamen nach und nach hinzu. Es war die Zeit, als Janne nach dem Schulabschluss in Berg in Strands Bücherladen oben am Knektbacken zu arbeiten begonnen hatte. Seine Mutter putzte in der Bank und konnte sich als Witwe nicht vorstellen, dass man Geld für sonderbare Luxuswaren und moderne Spielsachen ausgab.

Die Kamera konnte sie ihm allerdings schlecht verbieten, da sein Onkel sie dem Jungen nun einmal geschenkt hatte, nachdem er sie aus einer eigentümlichen Laune heraus in Hasselblads Kameraladen in Stockholm gekauft hatte. Aber woher sollte man neue Filmrollen bekommen, sechs mal neun von der Marke Kodak, wenn diejenigen, die zur Kamera gehörten, verbraucht waren?

Weiß der Kuckuck, was geschehen wäre, hätte es nicht diese gesegnete Geschichte mit dem Unfall gegeben. Der Unfall wurde sozusagen zum Glücksfall. Ein Lastwagen, bis zu einer gefährlichen Höhe mit Abflussrohren beladen, der zu der neuen Anlage auf dem Bulten sollte, blieb in den Schienen der Ludvika-Bahn stecken. Der Fahrer, ein offenbar geistesgegenwärtiger Mann, sprang aus dem Fahrerhaus und flüchtete den Bahndamm hinauf, als er das Unausweichliche der Situation erkannte. Und dort stehend, mit einem Gesichtsausdruck, der ihm eine tragende Rolle in jeder beliebigen griechischen Tragödie verschafft hätte, sah er, wie die mächtig voranrauschende Dampflokomotive den schönsten und teuersten Lastwagen von Fahrer John Ahlins in einen Haufen Rohrstücke, Autoteile, Zerfall und Vergänglichkeit verwandelte, der die Phantasie beflügelte –

ein unbestreitbares Zeugnis für das unaufhaltsame Voranschreiten der Zeit. Es lässt sich auch einfacher ausdrücken: Es hatte einen verdammten Knall gegeben.

Aber fünf Minuten später kam der junge Jan Viktor Friberg, der den Knall gehört hatte, auf dem schwarzen Damenrad seiner Mutter angefahren, seine Kodak 2A krampfhaft unter den Arm geklemmt. Und gleich nach ihm der Lokalkorrespondent der *Vestmanlands Läns Tidning*, Pastor Fors aus Sörstafors. Es war ein seltsames, ein äußerst glückliches Zusammentreffen.

Die *Vestmanlands Läns Tidning* brachte das spektakuläre Bild auf der zweiten Seite – die erste war nach damaliger Sitte mit allen möglichen Anzeigen gefüllt. Und sie belohnte den Fotografen mit einer rosafarbenen Postanweisung über zehn Kronen. Damit nicht genug – kurz darauf kamen Postanweisungen von drei beziehungsweise zwei Kronen von der *Fagerstaposten* und der *Sala Allehanda*. Da stelle sich doch die Frage, ob der Junge nicht reich werde, wenn er auf diese Weise weitermache, sagte der Klempner. Doch die Mutter meinte nicht, dass dies für einen jungen Mann von der Bethel-Gemeinde eine geeignete Art wäre, reich zu werden.

Danach war es natürlich schwieriger, sich über die Einkäufe des jungen Mannes zu beklagen, wenn er Papier und Entwicklerflüssigkeiten erstand.

Ja. Dieser schwarze Kasten öffnete neue Reiche. Die Kamera konnte erzählen. Von dem, was geschehen war, zum Beispiel mit dem so schlimm zugerichteten Lastwagen. Aber auch von dem, was nicht geschehen war. Wie das?, fragt man sich. Es war ja leicht, die Bilder einfach in eine etwas andere Ordnung zu bringen. Die drei jungen Männer, die an einem Sommertag an einem Hang liegen und sich ausruhen – zwei in einer Art Sonntagskleidung, der dritte in einer Matrosenuniform –, worauf warten sie? Planen sie möglicherweise ein Verbrechen? Vielleicht einen dramatischen Einbruch in den Geldschrank des Hüttenwerksbüros? Oder, noch schlimmer, in Onkel Claes' gut gefüllten Geldschrank im Klempnerhaus oben am Knektbacken? Genau an dem Tag, an dem der Onkel den Schienenbus nach Eskilstuna genommen und die Mieten der Mietshäuser kassiert hat, die er angeblich dort besitzt?

Oder haben sie möglicherweise etwas mit dem Unfall zu tun?

Und dann ist da zum Beispiel der Schiffer auf der alten Erzkogge mit der hohen Gaffeltakelung. Er steht so still, als wäre er am Mast seines Küstenseglers festgebunden, so still, als lauschte er auf etwas. Und die drei eigentümlichen Frauen, die mit ausgestreckten Händen inmitten eines Gebüschs stehen – was ist da los? Was bereiten sie vor? Einen Zauber? Sind es drei Hexen, die auf etwas warten? Worauf? Und der Fotograf, noch so jung, der Held dieser seltsamen Erzählung – ja, auch er ist da. Ein bisschen schüchtern steht er zusammen mit Fräulein Ortman von der Strands-Buchhandlung gleich neben dem drehbaren Gestell an der Tür, wo die Ansichtskarten zu besichtigen sind. Er sieht scheu und entschlossen aus. Und etwas abwesend. Vielleicht ist er eigentlich woanders. Und schiebt seine sepiamelancholischen Abzüge auf dem Tisch hin und her. Und lässt gewohnheitsmäßig, wenn die Außenwelt zu schwierig wird, seine eigenen Erzählungen entstehen und sich ebenso schnell wieder verflüchtigen.

Janne hatte eine Gabe. Er hat sie schon immer gehabt. Er

konnte davonfliegen, sich entfernen, sich selbst aufheben. Wenn eine Situation zu kompliziert zu verstehen oder zu quälend auszuhalten war, konnte er eine andere Person werden, in einer anderen Zeit und einem anderen Raum.

Entdeckt hatte er das – jedenfalls hat er es so in Erinnerung – irgendwann in der Volksschule, wenn die monotone, stets vorwurfsvolle Stimme der Lehrerin allzu aufdringlich wurde. Diese Kunst, jemand anders werden zu können, musste in größter Heimlichkeit und mit einer gewissen Vorsicht ausgeübt werden. Es wäre nicht gut, wenn andere davon erführen. Es bestand ja immer die Gefahr, sie könnten glauben, man wäre verrückt, was zu allerlei Komplikationen führen würde. Aber was noch gefährlicher schien, war das Risiko, nicht zurückzufinden. In die eigentliche Welt. Mitunter, besonders in jüngeren Jahren, meinte er, nahe dran zu sein. Es war, als würde man sich in einer fremden Stadt in einem Hotel einquartieren, seine Habseligkeiten dort abstellen und dann entdecken, dass man Name und Adresse des Hotels vergessen hat. Nicht dass Jan Viktor eine größere Erfahrung mit Hotels in fremden Städten gehabt hätte. Aber etwas in der Richtung musste es sein.

Was für eine seltsame Welt, in der alle zu wissen schienen, wer sie waren, zu welchem Ich und zu welchem Leben sie morgens heimfinden sollten, nachdem sie sich die ganze Nacht über in der Anonymität des Traums befunden hatten, wo nicht alle, die man traf, einem bekannt waren und diese Traumgestalten auch keine Ahnung hatten, wer man selbst war. Glückliche Strümpfe, die sich erinnern, in welcher Kommodenschublade sie liegen! Auch wenn man selbst es vergessen hat. Tatsächlich bewundernswert ist das Gedächtnis, das den Dingen eigen ist! Wie sorgfältig achten doch die

Schrauben und Muttern darauf, in welcher alten Blechdose im Regal sie zu Hause sind! Solange wir sie nicht mit unserem schlechteren Gedächtnis stören, wissen sie immer, wohin sie gehören. Oder wie Claes Friberg zu sagen pflegte: Es gibt nichts Brutaleres als eine Tatsache.

In der zunehmenden Dämmerung
des Raums

―――――

Auf dem kleinen Tisch, allem Anschein nach eigentlich ein Nähtisch, lag ein Kreuzworträtsel. Wenn Janne sich nicht völlig täuschte, war es aus der Samstagsausgabe der *Vestmanlands Läns Tidning* herausgerissen worden. Jemand hatte angefangen, es mit einem Tintenstift in ordentlichen Druckbuchstaben auszufüllen. Aber das meiste schien unvollendet:

A
B U G
E
R
H
S T A U N E N
H
N

Janne überlegte einen Moment, ob er möglicherweise die Arbeit fortsetzen sollte, wo jemand anders sie abgebrochen hatte. Hier gab es beispielsweise ein waagerechtes Wort mit sechs Buchstaben, das er meinte, gefunden zu haben:

Vorrichtung, die die Lichtstärke in einem Fotoapparat bestimmt. Das musste ja heißen:

BLENDE

Es war nicht so schwer zu erraten. Besonders wenn man eigentlich ein Fotograf war und nicht ein Hausierer mit viel zu schweren und unförmigen Haushaltsgeräten. Und das würde dann ergeben:

```
      A
    B U G
  B L E N D E
      R
      H
   S T A U N E N
      H
      N
```

Aber vielleicht war es das Beste, auf das Ausfüllen zu verzichten. Er konnte keinen passenden Stift entdecken, und außerdem hatte er sich schon zu weit auf fremdes Terrain vorgewagt. Vorsichtig legte er das Kreuzworträtsel wieder dorthin zurück, wo er es gefunden hatte. Er streckte seine leicht schmerzenden Beine aus und legte die Füße auf den angenehmen Schemel, den jemand aufmerksamerweise in ihren Weg gestellt hatte, zog das Schubfach des Nähtischs auf und stellte, nicht ganz unerwartet, fest, dass es Nähzeug enthielt. Er schob das Schubfach wieder zu und lauschte aufmerksam auf irgendein Geräusch, das darauf hindeuten konnte, dass jemand auf dem Weg hierher war, um sich um sein Anliegen zu kümmern.

Aber was war sein Anliegen? Auf der Allee war es ihm doch noch darum gegangen, ein Assistent-Haushaltsgerät zu verkaufen. Aber jetzt hatte sich etwas verändert.

Was also war eigentlich sein Anliegen? So viel stand jetzt jedenfalls fest: Es galt, in diesem seltsamen Haus so schnell wie möglich einen vernünftigen Menschen zu finden – einen einzigen, aber vernünftigen –, der ihm helfen würde, zum Bahnhof zu gelangen. Er bezweifelte, dass er mit diesem hartnäckigen Schmerz, der immer deutlicher in beiden Handgelenken summte, bis nach Kolbäck würde radeln können.

War es so? Auch das bezweifelte er. Die ganze Fahrt nach Kolbäck und möglicherweise weiter mit dem letzten Schienenbus nach Hause zu seiner wenig vertrauensvollen Frau, die nichts anderes als Verachtung und Vorwürfe für ihn übrig haben würde, schien in diesem Moment genauso sinnlos wie alles andere.

In diesem Augenblick hatte er überhaupt kein Anliegen. Und damit war er frei. Vollständig frei. Dieser Gedanke löste in ihm ein unangenehmes Gefühl von Schwindel aus, ungefähr so, als hätte er sich an einem atemberaubenden Abgrund ein wenig zu weit über das Geländer gelehnt.

In einer Art Panik streckte sich Janne über den Tisch und griff erneut das oberste Buch. *Euphrosyne*. Der Umschlag, hellblau, war mit einer stilvollen Vignette verziert. Ein Kupferstich, der eine antike Göttin zeigte. Vielleicht eine Siegesgöttin? Sie schien aus irgendeinem Grund zu triumphieren. Sie befand sich in Bewegung, in einer Art Drehung nach rechts, und die Falten ihres langen, antiken Gewandes folgten dieser Drehung nur zögernd. Eine schöne Frau. Natürlich nicht nur das, auch wenn dies einem vielleicht als erstes auffiel. Möglicherweise eine Göttin oder eine andere mythologische Gestalt. Das gab es doch? Verkörperungen? Morpheus war eine Verkörperung – das hatte Pastor Fors aus Sörstafors kürzlich im Zusammenhang mit dem Tod erzählt. Janne schlug den Band aufs Geratewohl auf, fand Gedichtzeilen hier und Gedichtzeilen da, und blieb an einigen hängen, die seine Aufmerksamkeit auf besondere Weise weckten. Vielleicht weil sie ihm zugleich begreiflich und unbegreiflich erschienen.

> *Unter dem grünen Gewölbe der Bäume*
> *so bald, so unwiderstehlich verronnen*
> *an diesem hohen Tag, dem letzten Tag,*
> *ihres Kleides weißes Licht …*

Genau hier verliert Janne den Faden, erhebt sich aus dem so einladenden Sessel und tastet sich zögernden Schrittes tiefer in die Dämmerung des Raums hinein. Hin und wieder verstummt das hartnäckige Klappern der Kachelofenluken. Dann wird es ganz still. Und er kann das immer brutalere Geräusch des Windes hören, der da draußen an den Bäumen zerrt, ja, manchmal auch etwas wie schwere Wellen. Gegen eine Mole? Gegen einen Pier? Mit einem Schaudern wird Janne bewusst, wie nahe er diesem großen dunklen See mit all seinen verborgenen Untiefen und entlaubten Inseln da draußen sein muss. Von der Vorderseite des Herrenhauses aus war er nicht zu sehen gewesen. Mit ein paar unruhigen Schritten hin und her – als wolle er etwa verschiedene Persönlichkeiten ausprobieren, um eine zu finden, die zu ihm passen könnte – versucht er, das Gefühl von Zeit und Ort wiederherzustellen.

Aber gleich hat er sich wieder hingesetzt.

Dieser Raum, in den man ihn aus ziemlich unerklärlichen Gründen gebeten hatte, war größer als erwartet, und der Steinway-Flügel in der Ecke war mit einigen Gegenständen geschmückt, die auf dem grünen Seidentuch über dem geschlossenen Deckel standen. Das Tuch hatte ein türkisches Muster. Zwei solide Kandelaber darauf, die in ihrer schweren Pracht auf unbestimmte Art russisch anmuteten, würden es noch schwerer machen, diesen überladenen Deckel zu öffnen. Aber vielleicht hatte das schon lange niemand mehr versucht? Sie mussten aus Silber sein, und zwischen ihnen stand eine große chinesische Vase. War sie wirklich chinesisch, oder tat sie nur so? Wie tut man so, als sei man chinesisch? Wie tut man überhaupt so, als sei man etwas, was man nicht ist? Ein dämlicher Gedanke tauchte in ihm auf: Vielleicht muss man glauben, jemand Besonderes zu sein, um so zu tun? Er verwarf diese Idee. Sie erschien ihm doch etwas zu kompliziert.

Aber was erwartete man sich von ihm? Warum sollte er hier sitzen und warten? Musste er wirklich das eine oder andere vorgeben? Wäre es nicht vielleicht viel praktischer gewesen, von vornherein zu erklären, dass er als Repräsentant von Electrolux unterwegs war, um das Haushaltsgerät Assistent an mehr oder weniger maschinenbedürftige Kunden zu verscherbeln?

Warum nicht einfach eine so selbstverständliche Sache erklären, statt jetzt hier zu sitzen wie ein Depp? Warum fiel es ihm überhaupt so schwer, sich zu erklären? Lag hier vielleicht ein merkwürdiges Missverständnis vor? Er hatte das unangenehme Gefühl, mit jeder Minute, in der er nichts dagegen unternahm, würde dieses Missverständnis größer werden. Und vermutlich in eine Katastrophe münden.

Im Licht der prächtigen, jetzt elektrifizierten Kronleuchter traten die in Silber gerahmten Porträts auf dem Flügeldeckel sehr deutlich hervor. Fast überdeutlich. Ein paar Damen in Sepia, mit Broschen an den hochgeschlossenen Blusen. Keine von ihnen war wirklich schön. Sie sahen alle sehr streng aus. Und sie starrten direkt in die Kamera. Aber das musste man ja bei den damaligen Belichtungszeiten tun. Das wusste Janne. Ein junges Mädchen in einem hellen Kleid: Sie kann nicht viel älter sein als siebzehn, dachte Janne.

Bestimmt war sie tot. Sie war jung gestorben. Wie konnte er das wissen? Diejenigen, die jung sterben, haben einen besonderen Gesichtsausdruck, dachte er.

Er entschied sich dafür, dass sie Irene heißen sollte. Irgendwie musste sie ja heißen. Das arme Mädchen.

Tatsächlich war es so, dass diese Familienfotos aus verschiedenen Zeiten stammten, ungefähr von der Jahrhundertwende bis in diese fünfziger Jahre, was auch die Kleidung der Leute und die fotografische Technik zeigten. Die Bilder standen so eng beieinander, dass man sie etwas verrücken musste, sozusagen in der Sammlung blättern, um alles zu sehen, was man sehen wollte. Ein Bild stach ein wenig von den anderen ab. Der Herr in dem grauen Anzug, offenbar etwas feierlich angesichts der Aufnahme und vielleicht ein wenig amüsiert ob der Miene, die er für den Fotografen aufsetzte, hätte ein Zwillingsbruder von ihm selbst, Jan Viktor, sein können. Nur war er sorgfältiger gekleidet, hübscherer Kragen, besser gebundene Fliege.

Das ist eine recht merkwürdige Ähnlichkeit, dachte Janne. Aber so etwas kommt vor. Sein Vater hatte ihm einmal aus dem *Allers Familjejournal* vorgelesen, dass alle Menschen einen Doppelgänger hätten. Eine seltsame Theorie, die irgendein Exzentriker aufgestellt hatte. Aber vielleicht war es ja so. Die Natur konnte doch nicht beliebig viele Gesichter für all diese neuen Menschen bereithalten, die immerzu geboren wurden?

Es gab keinen Grund dafür, dass hier ein Porträt von Janne Friberg stehen sollte. Außerdem musste der Herr auf dem Foto sehr viel älter sein. Wenn er nun überhaupt noch am Leben war.

Hatten Müdigkeit und Schmerzen ihn schon bis zu dem Grad mitgenommen, dass er sich Dinge einbildete? Etwas beunruhigt stellte er das Foto zurück und machte eine weitere Runde durch den Raum. Die Porzellanvase auf dem Flügeldeckel strengte sich weiterhin an, nicht ohne Erfolg, chinesisch zu wirken. Ein Glasschrank an der hinteren Wand erregte Jannes Aufmerksamkeit. Er schien eine Reihe kleiner Figuren zu enthalten, die in der schwachen Beleuchtung nur schemenhaft hervortraten. Vielleicht waren es asiatische Heilige oder Götterbilder. Wie hießen diese kleinen Götter? Es gab bestimmt eine Menge von ihnen, die er nicht kannte. Shiva, Vishnu mit all den Armen, Ganesha mit dem Elefantenkopf kannte er. Aber es gab andere, von denen er keine Ahnung hatte. Diese heidnischen Götter hatten etwas Beunruhigendes. Wenn es sie wirklich gäbe ... wie sollte man dann wissen, wie man sich mit allen gutstellen kann?

Die Erzählung des Kanalschiffers

Das fremde Mädchen ging mit entschlossenen Schritten, ohne ein Zögern, so als wisse sie, wohin sie unterwegs war. An der Spitze aber lief der Hund, der sie beide auf diese Weise führte. Sie bewegten sich jetzt schneller voran. Der Weg fiel zum Kanal hinunter ab und lag unter einem grünen Dach, das frisch ausgeschlagene Eichen und hellgrüne Linden bildeten, die wie große Musikinstrumente von Tausenden in ihren Kronen verborgenen Insekten summten. So viele Düfte, so viel Vogelleben in den Bäumen. Und, dachte das Mädchen, wie viele Vögel es gibt, deren Name ich nie gelernt habe!

Unten beim Kanal am gepflasterten Kai an der Schleuse lag ein einsames Schiff vertäut, eine dieser hochmastigen – ja man könnte sagen übertakelten – Erzkoggen, die gewöhnlich Eisenerz und Roheisen den ganzen langen Weg von den Gruben und Hüttenwerken oben bei den Seen, dem Barken und dem Åmänningen, hinunter zu den Verschiffungshäfen des Mälaren brachten. Von der Ladung waren aber nur ein paar Tonnen oben auf Deck zu sehen. Vielleicht war der Frachter auf dem Weg nach Norden? Warum lag er hier vor Anker? Hier konnte er kaum eine Ladung aufnehmen.

Er konnte auch nicht auf das Schleusen warten. Gott

weiß, worauf er wartete. Und der Schiffer steht mit dem Rücken zum Mast. Aus der Ferne wirkte es fast so, als hätte ihn jemand daran festgebunden. Aber so schlimm konnte es ja nicht sein. Wer sollte sich einen so gemeinen Jungenstreich ausdenken! Es ist nur eine Sinnestäuschung. Aber aus dieser Entfernung sieht es tatsächlich so aus, als lausche er aufmerksam auf etwas.

– Worauf horcht er? Ich kann nichts Besonderes hören.
– Ich höre gar nichts.
– Kennst du ihn?
– Ja, natürlich. Er ist doch mein Onkel, der Schiffer der *Färna II*. Also der Bruder meines ersten Vaters.
– Hast du zwei Väter?
– Ich habe jetzt einen neuen. Mein erster Vater war ziemlich sonderbar. Der Schiffer ist auch nicht ganz gewöhnlich.
– Was hat er in den Tonnen?
– Rote Falu-Farbe. Oder etwas anderes. So eine Erzkogge kann mehr Ladung aufnehmen, als du denkst.
– Woher weißt du das?
– Ich bin mit ihm gesegelt. Viele Male. Den ganzen langen Weg hinauf zum Barken und wieder zurück. Die gesamte Strecke vom Hüttenwerk oben im Wald, von Färna und Trummelsberg bis nach Västerås. Durch den Hochwald, wo man beinahe auf allen Flüssen und Bächen segeln kann, und hinaus auf die großen Seen Barken und Åmänningen. Die sich wie ein Meer ausnehmen, wenn man aus dem Waldesdunkel kommt. Wo es ordentlich stürmen kann und gehörige Wellen aufwirft. Und dann geht die Fahrt hinunter nach Strömsholm und zur Umladung in die Eisenbahn in Kvicksund. Ich habe für meinen Onkel, den Schiffer, und für den Bootsmann gekocht. Und sie haben mir dies und

jenes beigebracht. Über die Seen und die Schleusen. Über die, die im Wald leben. Die Kleinen und die Großen. Der Myrpusten, der Skrakvinden. Und der Blärran. Das ist der schlimmste von allen.

– Was ist das? Der Myrpusten? Und, wie hieß er gleich – der Blärran? Gibt es die?

– Natürlich gibt es die. Es wäre besser, wenn es sie nicht gäbe. Der Myrpusten ist ein scheußlicher Wind. Er kommt von den großen Mooren im Landesinneren. Und wenn er kommt, werden die Segel nass und träge, schwer zu hissen und zu fieren und wollen sich nicht blähen. Der Skrakvinden kann mitten in der Nacht aufziehen, wenn sonst alles ruhig ist. Er kommt einfach wie ein großer schwarzer Schatten über das Wasser. Und die alten Schiffer behaupten, er könne ein Schiff in weniger als einer Minute kentern lassen. Deshalb versuchen die Schiffer möglichst immer hinter einer Landzunge zu ankern.

– Und der Blärran?

– Über den Blärran möchte ich nicht so gern reden. Es ist tatsächlich besser, wenn man nicht über ihn spricht, als wenn man über ihn spricht.

– Wenn das die *Färna II* ist – was ist dann eigentlich mit der *Färna I* passiert?

Der Schiffer, der die Mädchen offenbar erst jetzt entdeckt hatte, antwortete überraschend anstelle des Mädchens. Etwas zögernd, als müsse er nachdenken. Und ohne den Mast zu verlassen, an dem er sich die ganze Zeit hinter seinem Rücken festzuhalten schien. Vielleicht war er wirklich an den Mast gefesselt?

– Bist du ganz sicher, dass du wissen willst, was geschehen ist?

Irene war erstaunt, dass er ihre Frage aus so großer Entfernung gehört hatte. Der Schiffer mochte alt sein, aber sein Gehör war offenbar noch intakt. Das war das mindeste, was man sagen konnte. Sie stand ja mit dem fremden Mädchen unter den Bäumen am Kai, und der Schiffer mindestens zwanzig Meter weit entfernt auf seinem Deck. Er musste ein ungewöhnlich gutes Gehör haben. Was mochte es sein, worauf er lauschte?

– Im Åmänningen gibt es eine ganz kleine Insel, die vor den Gran-Inseln liegt, begann der Schiffer seine Erzählung. Sie ist bei den Kanalschiffern bekannt. Die Sommergäste kommen da nicht hin. Man muss sich davor in Acht nehmen, zu nahe heranzusegeln. Dort gibt es einen sehr langgestreckten Unterwasserbau, der nach Westen verläuft. Eine Steinmauer unter Wasser. Aber keine gewöhnliche Mauer. Sie hat Arme, Ausläufer in verschiedenen Richtungen, als wäre sie ein Spinnennetz.

Und noch weiter westlich liegt dieses Bo Gryta, das merkwürdige tiefe Loch, das angeblich keinen Boden hat. Niemand, der dort gelotet hat, ist je auf Grund gestoßen. Und man erzählt seltsame Geschichten von Lotleinen, ja, sogar von Ketten, die abgetrennt waren, als man sie wieder an die Oberfläche zog. Genauso sauber gekappt wie mit einem scharfen Messer oder mit der glänzenden Schnittfläche einer Blechschere. Solche Sachen kommen hoch. An die Oberfläche. Bo Gryta liegt ein paar Kilometer nördlich vom Ryssgraven. Vom Boda-Hafen aus gesehen.

Wisst ihr nicht einmal, was der Boda-Hafen ist? Das wissen doch alle Menschen! Ein sehr alter Steinquader, der unterhalb des Dorfs Bodarna bis weit ins Wasser hineinreicht. Ein Pier, von dem eigentlich niemand weiß, wozu er dienen

sollte. Und ein paar Kilometer weiter südlich liegt der Ryssgraven. Er heißt nach den russischen Kriegsgefangenen aus der Zeit Karls XII., sie sollten die steinernen Molen bauen, dort, wo der See im Süden in den Fluss mündet.
— Was ist mit ihnen passiert?, fragte Irene.
— Mit wem?
— Mit den Russen.
— Sie sind gestorben. Was hätten sie sonst tun sollen? Alle Menschen sterben. Das weißt du doch wohl?
— Aber woran sind sie gestorben?
— Am Schüttelfrost. Alle miteinander. Das ist alles lange her. Es war die Zeit der Fiebermücken. Die Russen liegen nun dort begraben. Sie kommen nie mehr weg. Und nicht weit entfernt davon ist das allen Seefahrern bekannte tiefe Loch. Bo Gryta.

Der Kanalfrachter *Färna I*

―――――

– Da unten in der Tiefe liegt also die *Färna I*. Könnt ihr euch das vorstellen?

Mit zweieinhalb Tonnen erstklassigem Roheisen aus den Hüttenwerken von Trummelsberg und Färna und meiner alten Silberuhr an Bord. Es war ein Gewitterschauer, der so schnell kam, dass ich es nicht mehr schaffte, Großvaters alte Uhr einzustecken, die da über der Pritsche am Haken hing.

Wenn ein Erzfrachter sinkt, sinkt er schnell. Das könnt ihr mir glauben. Wer das niemals gesehen hat, dem fällt es nicht leicht, es sich vorzustellen.

– Wer das noch nie gesehen hat, korrigierte Irene aufmüpfig.

Der Schiffer fuhr fort, als hätte er sie nicht gehört:

– Es brodelt nur um diese Stelle herum, und herauf kommen möglicherweise ein paar Kleinigkeiten, die jemand an Deck vergessen hat. Platting-Matten, wie sie der Bootsmann an warmen und stillen Tagen zu flechten pflegt, wenn auf dem halben See Flaute herrscht und die Windstöße im Verlauf des Nachmittags auf der anderen Hälfte immer seltener und schwächer werden. Eine solche Matte war das einzige, was an die Oberfläche trieb. Das einzige, was von der *Färna I* heraufkam. Sonst nichts. Ihr müsst wissen, dass diese Erzfrachter sich nicht bergen lassen. Sie liegen zu schwer da unten auf dem Boden, vollbeladen mit Erz oder Roheisen. Ganz egal, ob es zehn Meter hinunter bis zum Wrack sind oder es so tief unten liegt wie die Domtürme in Västerås hoch sind.

– War das dieser Skrakvinden? Oder wie er nun hieß.

– Skrakan? Nein, das glaube ich nicht. Es war bestimmt ein gewöhnlicher Gewitterschauer. Wir konnten die Segel nicht mehr reffen. Es war ein Gaffelsegel. Wisst ihr, der Skrakan, das ist etwas viel Schlimmeres. Darüber möchte ich lieber nicht reden.

– Und wie hat der Onkel sich gerettet?

– Auch darüber spreche ich lieber nicht. Diese Insel, fuhr der Onkel fort, der immer noch mit dem Rücken zum Mast stand, auf eine Art, die verkrampft wirkte – wovor hatte er Angst? –, diese Insel ist sehr klein. Die Bauern nennen sie Enträ, aber das ist nicht ihr richtiger Name. Enträ wird sie genannt, weil dort viele Jahre nur ein einziger Baum stand. Aber das ist lange her. Jetzt gibt es dort fünf Bäume. So war es, als ich sie letztes Mal gezählt habe. Und Kreuzottern. Eigentlich hat die Insel einen anderen Namen.

– Und der wäre?

– Das ist lange her.

Er sagte es mit einem Seufzer. Als wäre es etwas Bedauernswertes.

– Jetzt gibt es sicher mehrere. Die Leute finden neue Namen.

– Aber wie heißt die Insel wirklich?, wollte Irene wissen.

– Das musst du mich nicht fragen. Wenn du fragst, weiß ich es nicht.

– Und wenn ich nicht frage?

– Dann weiß ich es natürlich.

Diese Insel ist tatsächlich gefährlich. Sie hat ein Geheimnis. Das dort lauert. Es war oft die Rede davon. Vielleicht seit hundert Jahren. Oder mehr. Ich habe mich immer von ihr ferngehalten, weil ich vermutet habe, dass mit ihr etwas nicht stimmt. Habe ich recht, und das habe ich eigentlich immer in solchen Dingen, ist es ein heidnischer Opferplatz. Oder ein Begräbnisplatz.

– Oder vielleicht beides, schlug die Nichte vor, die ihrem Onkel lange kommentarlos zugehört hatte.

– An manchen Herbsttagen, wenn ich vorbeigesegelt bin, kurz bevor es zu dunkel und gefährlich wurde, um auf dem See weiter nach Süden zu fahren, habe ich die Insel leuchten gesehen.

– Leuchten?

– Da war ein blauer, eigentümlicher Schein unter den Bäumen.

– War es der Blärran?, fragte die Nichte. Ich nehme an, dass du von der Blärran sprichst, Onkel Sune?

– Wenn du zuhörst, kannst du möglicherweise die Fortsetzung erfahren.

– Ist wirklich alles wahr, was er erzählt?, flüsterte Irene der Nichte so diskret wie möglich zu.

– Damit musst du schon rechnen. Leider. Mein Onkel ist ein sehr zuverlässiger Mann. Als die Dampfschiffe kamen, wollte er zeigen, dass er auch damit umgehen konnte. Einmal hat er drei Schleppkähne hintereinander durch die Fahrrinne mit den beiden Steinen in Sundbo bugsiert. Du musst dem schon trauen, was er sagt.

– Aber jetzt hat er ja kein Dampfschiff. Jetzt segelt er wieder eine gaffelgetakelte Erzkogge.

– Ja, er ist der letzte, der sie wirklich noch segeln kann. Glaube ich.

Ein wenig überraschend löste sich der Schiffer jetzt vom Mast, mit einem Ruck, als hätte ihn dort etwas festgehalten, schnappte sich die Schnur der Schiffsglocke und schlug acht klare Schläge, die in der ganzen Gegend widerhallten. Es sah so aus, als hätte er den Befehl bekommen, genau das in diesem Moment zu tun.

Acht Schläge

Jan Viktor Friberg erwachte mit einem Ruck. Die offensichtlich sehr edle Standuhr im hintersten Teil des Raums schlug acht klare Schläge. Herrgott, dachte er. Wo in aller Welt ist die Zeit geblieben? Eben war doch noch Nachmittag! Warum hat mich denn niemand geweckt?, fragte er sich mit wachsender Unruhe. Es war bemerkenswert still da draußen in der Küche, die kürzlich noch so angefüllt gewesen war, nicht von Stimmen, sondern von Geräuschen: fließendes Wasser, brodelnde und überlaufende Töpfe, klapperndes Geschirr und klirrendes Silber. Jetzt schien es, als wären alle fortgegangen. Haben sie mich wirklich vergessen? Und wie zum Teufel soll ich den Zug erreichen? Das konnte man sich fragen.

Er kam auf die Beine, durchquerte unruhig den Raum, öffnete vorsichtig die Tür und trat in die Halle hinaus. Sie lag genauso dunkel und verlassen da mit ihrem sonderbaren Schirmständer und ihren Jagdtrophäen, wie sie es die ganze Zeit über gewesen war. Er überlegte, ob er in die Küche schauen sollte, verwarf diese Idee aber sogleich. Er spürte, dass der Anblick dieser Küche ohne Menschen noch erschreckender sein würde als die bevölkerte Küche, und außerdem wusste er nicht, ob er wirklich bereit war, die lebende Tote mit den Preiselbeerbirnen noch einmal zu sehen.

Er tat ein paar unsichere Schritte zurück in den Salon und entdeckte, dass er nicht mehr so leer war, wie er ihn verlassen hatte.

Eine Dame mit auffallend großen, hellblauen Augen, die braunen Haare im Nacken zu einem strengen Knoten geschlungen – er schätzte, dass sie in den Dreißigern oder vielleicht etwas älter war –, stand mitten im Zimmer, bereit, ihn zu empfangen.

Hatte sie nicht eigentlich eisblaue Augen? Sie stellte eine Herausforderung dar, ihr gesamtes Auftreten bewirkte etwas in Janne. Berührte ihn in seiner eigenen Existenz. War sie eben noch eine selbstverständliche Tatsache gewesen, war sie jetzt etwas, das einer gewissen Motivierung bedurfte.

Die Dame trug eine dunkelbraune Wildlederjacke, die militärisch anmutete, dazu eng anliegende braungrüne Reithosen und steckte, trotz des feinen Teppichs, in stark mit Lehm bespritzten Stiefeln. Die Jacke war geöffnet, und unter einem dunklen Sweater ließen sich die festen Brüste erahnen. Die Dame hielt ein Paar Handschuhe in der Hand, als hätte sie sie eben erst abgestreift. Janne fand sie insgesamt ziemlich imponierend. Aber vielleicht auch ein bisschen erschreckend. Wer mochte sie sein? Eine Art Chefin? Oder vielleicht die Besitzerin des Hofs? Herrin war das Wort, das ihm einfiel.

Gewiss hätte sie sich vorstellen können. Aber möglicherweise hielt sie Janne für allzu unbedeutend dafür. Er gehörte vielleicht nicht zu dem Personenkreis, dem sie sich gewöhnlich vorstellte. Und Janne mit seinen schmerzenden Handgelenken, tief beeindruckt, um nicht zu sagen, ziemlich erschrocken, traute sich keine Proteste zu. Es war tatsächlich genau der Typ Frau, der ihn immer sprachlos und machte und lähmte und zu dem er sich hilflos hingezogen fühlte.

Es hatte etwas mit ihrem Gesicht zu tun: Ihre schmale Nase und ihre vollen Lippen wollten nicht zusammenpassen. Man konnte den Eindruck bekommen, eine schöne Frau vor sich zu haben, deren verschiedene attraktive Seiten sich nicht richtig vertrugen.

– Es ist schade, dass Sie die Absage nicht bekommen haben. Offenbar ist etwas schiefgegangen. Wie Sie vielleicht verstehen, haben wir keine Verwendung mehr für Sie. Schade, dass Sie umsonst von so weit herfahren mussten. Sie hätten sich vielleicht anmelden sollen, Herr …?

– Friberg. Jan Viktor Friberg.

– Friberg. Sie sind also statt Herrn Dalborg gekommen? Aus Köping?

– Aus Västerås.

– Nun, das hat wohl keine größere Bedeutung. So wie es jetzt steht. Und Sie sind ja nicht blind? Ich sehe, dass Sie mich sehen.

– Nein, ich bin nicht blind. Ich bin ja mit dem Fahrrad gekommen.

– Bei diesem Wetter?

– Ich hatte einen Unfall. Ich bin nicht weit von hier mit dem Fahrrad auf dem Kies gestürzt. Und dann waren da ein paar Hunde.

– Lindéns Hunde?

– Mich schmerzen in der Tat die Handgelenke ein wenig.

– Aber Sie müssen den Flügel nicht stimmen, Herr Friberg!

– Danke, das ist sehr freundlich. Zu freundlich. Ich kann kein Klavier stimmen, bisher hat mich auch noch nie jemand darum gebeten.

– Sie sind also nicht hergekommen, um den Flügel zu stimmen?

– Nein, keineswegs. Und ich bin nicht blind.

Schweigen stellte sich ein.

Janne fiel nichts Interessantes zu sagen ein, und der so spannenden Dame offenbar auch nicht. In seiner Verwirrung nahm er die oberste Gedichtsammlung vom Tisch, um darüber eine Bemerkung zu machen, doch die Dame kam ihm zuvor.

– Es ist eine Originalausgabe. Von 1929. Sein allererstes Buch.

– Wie interessant.

– Sie interessieren sich für ihn, Herr Friberg?

– Ja. Seit ich hierhergekommen bin. Hat er vielleicht noch weitere Gedichtbände verfasst?

– Ja, sicher. Noch zwei. Und einen vierten, der nicht publiziert wurde.

– Wie schade.

– Da bin ich mir nicht so sicher. Er war noch jung, als er verschwand. In den Vierzigern. Meine eigenen Erinnerungen an ihn sind tatsächlich sehr vage. Und früh. Ich erinnere mich, dass er nach Eau de Cologne und Zigarillos duftete.

Abermals schwiegen sie. Keiner der beiden hatte eine gute Idee, wie dieses sonderbare Gespräch fortzusetzen wäre.

Nach gefühlt mehreren Minuten sagte die Herrenhausdame:

– Eigentlich ist es nicht ganz richtig zu sagen, dass er

starb. Falls ich das gesagt haben sollte. Er verschwand. Ich glaube, er hatte das Gefühl, nirgendwo richtig hinzugehören. Als Gymnasiast war er kränklich, oft zu Hause. Er durfte nicht an den Schlittschuhausflügen im Winter teilnehmen und im Sommer auch nicht an den Ausflügen mit Papas Segelboot. Ich glaube, er wollte gern so sein wie alle anderen.

Können Sie sich vorstellen, dass er sich in einem der frühen Gedichte als jemand beschreibt, dem kein eigenes Schicksal zuteilwurde. Ist das nicht recht merkwürdig? Vielleicht ist er deshalb verschwunden? Hat er möglicherweise auf einem Schiff im Hafen von Västerås angeheuert? Und ist weit, weit fortgesegelt – zu anderen Ländern, anderen Kontinenten? Vielleicht ist er im brasilianischen Urwald gelandet, in Mato Grosso? Oder er ist einfach in der Mälar-Bucht hier unterhalb des Hauses ertrunken? Eines Tages war er ganz einfach weg. Niemand weiß, was ihm eigentlich zugestoßen ist.

Sein Porträt, also das von Oswald Grane, steht dahinten auf dem Flügel. Wenn Sie ihn stimmen wollen, müssen wir alles wegräumen, was darauf steht.

– Aber ich bin, wie ich vielleicht schon erwähnt habe, kein Klavierstimmer. Ich bin überhaupt nicht zu diesem Zweck hergekommen. Ich bin auch nicht blind.

– Entschuldigung, das hatte ich schon vergessen. Wie dumm von mir! Aber Sie müssen verstehen … in diesen Tagen … wenn ein Familienmitglied wie meine Großmutter nach menschlichem Ermessen so nahe vor dem Ende steht …

– Ich verstehe. Mein herzliches Beileid. Hätte ich das geahnt, hätte ich die Küche natürlich nicht betreten. Aber ich wollte nur um Hilfe bitten. Mein Fahrrad ist etwas zu tief in den Straßengraben gerutscht. Und dann waren da die Hunde.

– Lindéns Dackel sind furchtbar. Sie sollten nicht so frei herumlaufen dürfen. Ich habe mit ihm gesprochen. Und ich werde es wieder tun.

– Also bin ich eingetreten. Und man gab mir Gelegenheit, meine Hände und Ellbogen zu waschen. Aber ehrlich gesagt schmerzen sie immer noch.

Die Stille im Raum war für einen Moment fast greifbar.

– Ist es nicht eine ungewöhnliche Jahreszeit, um in der Landschaft herumzuradeln? Tut man so etwas nicht eher im Mai oder im Juni?

– Ich bin eigentlich Fotograf. Für Reportagen und künstlerische Fotografie.

– Dann werden Sie die Bilder zu schätzen wissen, die es hier gibt. Oswald Grane war schon früh unterwegs. Als Fotograf. Er hatte ein intensives Verhältnis zur Landschaft. Aber er radelte nicht. Er saß oft unten am Borgåsund und schaute die Kanalboote an. Er wäre sicher gern mit einem der alten Segelfrachtschiffe mitgefahren, der *Färna I* oder der *Färna II*, und dann später mit dem Passagierschiff *Bore*, als dieses lächerlich kleine Dampfschiff durch das Flachland kam, durch die Sümpfe und Wälder bis hinauf zum See Barken. Um dann den Zug nach Hause zu nehmen.

Als Junge träumte er sicher davon. Aber ich weiß nicht, ob etwas daraus wurde. Seltsamerweise hielt er sich, solange er noch da war, stets hier auf, im südlichen Teil der Landschaft mit den Eichenwäldchen und den Mälar-Buchten. Die Waldgebiete erschreckten ihn, glaube ich. Er hatte etwas dagegen. Es herrschte ja Krieg in all den Jahren, in denen seine Generation hätte reisen und die Welt kennenlernen sollen. Die einzige Reise, die er unternahm, ging nach England. Er liebte Cornwell und Dorset. Die kleinen Orte entlang der Küste hinterließen Spuren in seiner Poesie. Seine poetischen Vorbilder waren englische Dichter. Die deutschen und französischen waren ihm fremd. Aber vielleicht hat er ja dann später eine große Reise unternommen. Im Hafen von Västerås liefen manchmal Dreimaster ein, Schiffe, die nach Göteborg oder Rotterdam oder Glasgow fuhren und sich gleichsam nur in den Mälaren verirrten, um eine bestimmte Ladung zu holen oder zu löschen.

Aber was rede ich da! Es ist nur so, dass ich selten jemand treffe, der sich für Oswald interessiert. Und für seine Poesie. Wie gesagt und wie auch immer: Er hat viel fotografiert. Hier liegt ein Album.

– Ich habe mir tatsächlich erlaubt, ein bisschen darin zu blättern. Es sind sehr interessante Bilder.

– Viele Negative sind leider verschwunden. Bei einem Brand.

– Wie schade. Hier im Haus?

– Nein, in einem Fotogeschäft in Sörstafors, wo sie gerade lagen. Und Sie sind also unterwegs, Herr Friberg, um den ersten richtigen Herbststurm zu fotografieren?

– Nun ja, nicht richtig. Nicht nur.

– Diese sonderbare Tasche, die in der Halle steht? Gehört die Ihnen, Herr Friberg?

– Ich hoffe, sie steht nicht im Weg.

– Überhaupt nicht. Die Köchin hat nur gefragt, was das ist. Vielleicht eine fotografische Ausrüstung?

– In gewisser Weise.

– Es ist keine magische Tasche?

Nun, das ist ja lustig, dachte Janne. Sie hat einen gewissen Humor. Das hätte man nicht gedacht. Frauen in ihrer Stellung können völlig humorlos sein. Jedenfalls lassen sie sich nicht darauf ein, mit fremden Besuchern zu scherzen. Vielleicht beeindruckt sie etwas von dem, was ich sage. Aber wenn ja, was sollte das sein?

– Wer die Tasche öffnet, wird es sehen.

Das Gespräch wurde von einem ziemlich brüsken Klopfen unterbrochen. An der hinteren Tür, die vom Salon ins Innere des Hauses führte. Durfte man wohl vermuten. Es wurde leise und eifrig gesprochen.

– Entschuldigen Sie mich, Herr Friberg. Aber im Moment passiert hier tatsächlich ein bisschen zu viel auf einmal.

Sie haben vielleicht ein gewisses, recht unhöfliches Misstrauen bemerkt, als Sie das Haus betraten. Ich weiß nicht, wie viel ich zu erzählen wage. Aber es ist so, dass wir seit ein paar Tagen einen Verwandten erwarten. Einen, der nicht ganz willkommen ist. Es gab einen Verdacht, dass Sie, Herr Friberg, möglicherweise ... Aber so war es ja nicht. Es geht hier um einen Verwandten, der sich lange nicht hat blickenlassen. Ich vermute, dass er in dieser Situation auftauchen könnte. Um zu sehen, was er aus dem Nachlass herausschlagen kann, dessen Verteilung bevorsteht. Dieses Erbe mit seinem ungeheuer verworrenen Durcheinander, ich würde sagen wie Schlangennester, mit allen Sorten von Bürgschaften, Wechseln und Ehrenworten. Wie auch immer, Herr Friberg, es wäre gut, wenn Sie diesen Herrn, falls er hier auftaucht, meiden würden. Und vor allem keine Fragen beantworten!

Janne überlegte, welche Fragen er beantworten könnte. Kam aber, wie üblich in solchen Situationen, nicht darauf, was er sagen sollte.

Die Herrenhausdame drehte sich mit einem flüchtigen Lächeln noch einmal in der Tür um: Es war mir übrigens ein Vergnügen, mit Ihnen sprechen zu dürfen. Sie haben eine so herausragende Persönlichkeit.

Kein Wort davon, dass sie möglicherweise wiederkam. Mit einem Hinweis, wie er von hier fortkommen könnte. Janne musste ja zurück nach Västerås. Wie das nun gehen sollte mit dem Schienenbus und anderem Elend?

Und was war mit herausragender Persönlichkeit gemeint? Der plötzlich auftauchende Verdacht, dass die recht kräftige Erektion, die er im Lauf des Gesprächs trotz der Schmerzen in der Armspeiche gespürt hatte, auch von außen sichtbar gewesen sein könnte, musste wohl doch zurückgewiesen werden. Als paranoid bezeichnet werden. Es hieß doch paranoid?

Eine Art, eingeschlossen zu sein

Wieder allein gelassen, sich selbst und dem Schmerz ausgeliefert, fiel ihm sofort ein, was er natürlich hätte sagen sollen. Es gab ein französisches Wort dafür – wenn man erst darauf kam, was man hätte sagen sollen, wenn es zu spät war – aber in diesem Moment fiel ihm auch das nicht ein. Ich erinnere mich, dass ich es vergessen habe, sagte er. Zu sich selbst.

Mein Name ist also Friberg. Jan V. Friberg. Ich habe hier hereingeschaut, weil ich mich bei einem Radunfall verletzt habe. Aber ein Besuch hier auf dem Hof, oder vielleicht sollte ich sagen im Herrenhaus, wäre auch aus einem anderen Grund sinnvoll gewesen. In der Tasche da draußen habe ich eine sehr feine Neuigkeit auf dem Gebiet der Haushaltsgeräte, das Küchengerät Assistent von Electrolux, das ich gern demonstrieren möchte. Es ist eine Art Universalmaschine, die eine Reihe verschiedener Funktionen hat, je nachdem, wie man sie auseinandernimmt oder auf verschiedene Weise mit unterschiedlichem Zubehör zusammensetzt. Sie kann rühren, pressen, mahlen, Würste stopfen, quirlen … Eine solche Errungenschaft, die eine wahre Revolution für die mühsame Arbeit in einer größeren Landküche bedeutet, ist das, was ich in meiner Tasche dabeihabe.

Warum sie dann nicht vorführen?, hätte sie gesagt. Oder hätte sie etwas anderes gesagt?

Weil ich keine Chance bekam.

Jemand hat mich in diesen Raum eingelassen. Und danach habe ich nichts mehr gehört. Und diese Uhr schlägt immer öfter da drüben in der Dunkelheit an der Wand. Und ich sollte nicht hier sein, sondern ganz woanders. Und der Schmerz in diesen verdammten Handgelenken nimmt zu.

Außerdem verstehe ich diese sonderbaren Fotografien in dem Album nicht. Aber sie beunruhigen mich irgendwie. Ich habe ein unbehagliches Gefühl, dass sie meinen eigenen allzu ähnlich sind. Aber wie, kann ich nicht genau erklären.

Schmerz ist doch das Gefühl, das alle Menschen am besten kennen? Von den krampfartigen Bauchschmerzen und der langgezogenen Qual der Zahnschmerzen in Kindertagen bis zu dem brennenden Schmerz, wenn man mit dem nackten Fuß auf einen Nagel tritt.

Der Schmerz, vor allem im linken Handgelenk, hatte stark zugenommen. Aus irgendeinem Grund war das in dem Moment geschehen, als die Herrenhausdame den Raum verließ. Janne fragte sich das eine und andere. Um das Elend noch eine Weile unter Kontrolle zu halten – vielleicht würde er jemanden finden, der ihm Aspirin geben konnte –, beschloss er, an alle Unannehmlichkeiten seines Lebens zu denken.

Fieberkranke Träume, die Masern und die Windpocken mit der ekligen Flüssigkeit, die austrat, wenn man sich an den juckende Stellen kratzte, die Ohrfeigen von Fräulein Hedlund in der Berga-Schule, wenn man in der Klasse Fragen stellte. Kein Scherz: kräftig schallende Ohrfeigen, die noch Stunden danach das Ohr von selbst singen ließen. Die bösartigen Klassenkameraden Roffe und Uffe, die ihm oft auf dem Heimweg auflauerten und ihn mit dem scharfen, sandpapierartigen Schnee einrieben. Ihr hämisches Lachen, wenn er versuchte, sich zu verteidigen. Und am schlimmsten natürlich, wenn er wieder in die Schule ging, nachdem er die eine oder andere Krankheit überwunden hatte: Mumps, die spanische Grippe und wie sie alle hießen. Scharlach? Nein, Scharlach hatte er nicht gehabt. Hätte er Scharlach gehabt, wäre er sicher daran gestorben. Das wusste er ganz genau. Wenn er wieder in die Schule kam, bleich und zitternd nach seiner letzten Krankheit, dann war erneut die Zeit der Plagegeister, und sie nahmen die Gelegenheit wahr.

Aus der Schultür zu treten, heraus aus der relativen Sicherheit des Korridors, und zu wissen, dass sie unten an der Hecke warteten, nicht an einem Tag, sondern fast jeden Tag, war auf seine Art vielleicht das Wichtigste, was er in dieser Schule lernte. Seine fast grenzenlose, jubelnde Freude an dem Morgen, an dem verkündet wurde, dass Roffe und Uffe beim Hüpfen auf dem Frühlingseis des Skanssjön eingebrochen waren. Man hatte sie herausgezogen, aber da war nicht mehr viel zu machen gewesen. Die steifgefrorenen Körper seien auf der Ladefläche eines Lastwagens vorbeigefahren worden, hieß es. Über den Knektbacken auf dem Weg zur Grabkapelle.

War das wirklich geschehen? Ihm kam der Gedanke, hier und jetzt in diesem bedrohlichen Raum, dass alles vielleicht nur seiner Phantasie entsprungen war. Etwas, das er sich so oft gewünscht hatte, dass er schließlich das Gefühl hatte, es wäre wirklich geschehen. Vermutlich gab es Roffe und Uffe noch irgendwo. Aber wenn sie nicht im Skanssjön ertrunken waren, wie war er sie dann losgeworden? Nach dem vierten Schuljahr waren sie weg. Er hätte es jedenfalls gern gesehen, dass sie ertrunken wären.

Anna-Stina hatte er an einem völlig falschen Ort getroffen – an einem Versammlungsabend. Sie kam mit einer sehr alten Pastorenwitwe, deren Pflege man ihr vermutlich anvertraut hatte. Wie das eigentlich zusammenhing, war eine Frage, die er sich damals nicht stellte, sondern erst viel später. Das Mädchen war mager, bleich, ziemlich dünnhaarig, wie es schien – vielleicht als Folge eines allzu fleißigen Gebrauchs von Lockenwicklern –, und wirkte insgesamt so schüchtern und verschreckt, dass Janne in einer Art falscher Verzweiflung spürte, dass er mit ihr sprechen musste. Es war einfach nicht zu ertragen, sie da in einer Ecke stehen zu sehen, allein und ungesehen. Also begann er ein Gespräch.

So hatte es angefangen.

Mit einer, die zugeknöpft und mager war. Kaum hatten sie geheiratet und waren zusammengezogen, wurde sie allmählich eine andere. Es war nicht ganz leicht zu sagen, wie. Aber eine andere wurde sie.

Es war nicht nur die Sache mit der Mangel. Es war wirklich viel mehr.

Seit einigen Minuten war der Handgelenkschmerz jetzt verschwunden. Vielleicht war das hier ja eine Methode, um ihn in Schach zu halten? Zeitweise hatte sogar das Fotoalbum mit seinem Schnappschloss und seinen dicken, tiefroten Deckeln ein wenig zu schwer gewirkt, um es zu halten. Wie um Himmels willen hatte er sich vorgestellt, hinunter nach Kolbäck zu radeln?

Die besten Bilder in dem Buch waren die Schiffsbilder. Der friedliche Hafen von Västerås und dieser Seemann, der mit dem Rücken fest an den Mast eines altmodischen Segelfrachters gelehnt steht, einer übertakelten Erzkogge, wie die Schiffer es nannten. Nichts war Janne fremd. Er hatte solche Szenen auf seinen eigenen Streifzügen als Teenager gesehen. Und ähnliche Bilder gemacht. Nicht ganz dieselben, aber ähnliche. Er verstand, warum dieser Poet diese Bilder gemacht hatte – sie waren Elemente, natürlich einer Erzählung, Fragmente, die zusammengefügt werden konnten. Aber wie? Es war ein wenig wie ein Kreuzworträtsel.

Wie ist das mit den Kreuzwörtern? Findet sich für jedes Kreuzwort nur eine einzige Lösung? Oder gibt es Fragen, auf die mehrere Antworten möglich sind? Und die dennoch zusammenpassen, senkrecht und waagerecht. Doch welchen Sinn sollte es haben, ein solches Kreuzworträtsel zu entwerfen? Und wozu sollte man es in der Zeitung drucken? Man könnte nicht mehr von der »richtigen Lösung« sprechen.

Diesmal nicht wegen der Mangelkammer

Genau hier begann Janne sich an etwas zu erinnern, woran er sich lieber nicht erinnert hätte. Anfangs hatte der Tag so gut begonnen. Aber er war verdorben worden, lange bevor Janne hierhergekommen war. Zu diesem düsteren Hof, der gerade im Begriff war, ihn völlig zu vereinnahmen.

Dass aber auch alles so schiefgehen musste! Dass er, noch bevor er sein Zuhause verließ – oder wie man sie nun nennen sollte, diese muffige kleine Einzimmerwohnung in der Pistolgatan, in der hartnäckig die charakteristischen Gerüche von Kohlrüben und Zigarillos hingen –, dass er einen so demütigenden, einen so schmerzlichen Streit hatte ertragen müssen. Und vor allem dies: dass die, mit der er lebte und die Nächte und nicht wenig von den Tagen teilte, zu einer Unmöglichkeit geworden war. An diesem Morgen hatte er es keinen Augenblick länger ausgehalten. Dieses Leben war nicht sein Leben. Aber er hatte kein anderes.

Es gibt nichts Brutaleres als ein Faktum.

Der Schmerz kehrte zurück, aber langsam, als würde er sich eine Treppe hinauftasten. Schritt für Schritt. Und während er anschwoll und Jannes Handgelenke in Besitz nahm, begannen auch mancherlei Erinnerungen aufzusteigen. Den ganzen sonderbaren Abend über hatte er ein Faktum sozusagen in der Rumpelkammer seiner Seele weggesperrt, diesem Parkplatz für unerwünschte Gedanken: Er hatte eigentlich keinen Grund, nach Västerås zurückzukehren, mit oder ohne Schienenbus.

Seine Frau, Anna-Stina, hatte klipp und klar gesagt, es wäre gut, wenn er so schnell wie möglich losführe und am besten nicht zurückkäme. Sie habe genug von ihm. Und an seine Antwort darauf wollte er nicht mehr denken. An diesem Tag.

Die Ereignisse dieses Morgens, ehe er sich zum Bahnhof und weiter hier hinauf begab, durch die nicht mehr einladende Landschaft, waren eindeutig zu interpretieren. Wie hatte es eigentlich angefangen? Diesmal ging es nicht um die Mangelkammer. Um die Mangelkammer benutzen zu können und Laken und Kopfkissenbezüge zu mangeln, etwas, was Anna-Stina zu den elementaren Notwendigkeiten zählte, musste man in einem Kleidergeschäft mit entsetzlich hässlichen Schaufensterpuppen (sie sahen wirklich aus wie Tote), ein paar gekieste Straßen von zu Hause entfernt, eine Zeit buchen und seinen Namen auf eine Liste setzen. Dorthin musste man dann den großen Wäschekorb tragen. Jan V. hatte die Finesse dieses Mangelns nie so recht verstanden und vergaß häufig, die Zeit zu buchen und den Schlüssel abzuholen. Und wenn man nicht wirklich die Kraft aufbrachte, den vorhergehenden Mangler mit Wäsche und Korb und dem ganzen Drum und Dran hinauszuwerfen, falls dieser Schurke zu lange brauchte – ja, dann war man in Anna-Stinas Augen kein richtiger Mann.

Anfangs hatte sich die Kritik um etwas gedreht, was Jan V. versäumt hatte, und sich rasch von dem, was er versäumt hatte, zu dem ausgeweitet, was er noch versäumen würde. Leider kam das öfter vor. Hätte Janne die Fähigkeit gehabt zu widersprechen, den Stier bei den Hörnern zu packen, wäre es vielleicht nicht so weit gekommen. Stattdessen hatte er die Neigung, sich in ein verletztes Schweigen zurückzuziehen, immer weiter zurück, in eine Art Schandecke des stillen Märtyrertums hinein, in die bald neue Salven über seine Untauglichkeit eindringen sollten. Vielleicht war das eigentlich ein Versuch dieser unglücklichen Anna-Stina, mit ihm zu kommunizieren, an ihn heranzukommen, ein Land zu schaffen, in dem sie sich treffen könnten. Aber dieses Land wurde zu einem Ödland. Niemand könnte dort leben. Man konnte es höchstens durchqueren, in der Hoffnung, so unbeschädigt wie möglich zu bleiben.

Die Räumlichkeit – wir verzichten gern darauf, sie eine Wohnung zu nennen – hatte nur ein Zimmer, Diele und Küche. Die Fluchtmöglichkeiten waren mit anderen Worten begrenzt und beschränkten sich auf das Badezimmer, wo der eine oder der andere sich einschließen konnte, aber nicht beide zugleich.

An diesem Morgen waren Dinge geschehen, Dinge, an die Janne ungern denken wollte. Äußerungen, die gefallen waren, und die vielleicht nicht hätten fallen sollen. Wir werden nicht näher darauf eingehen, welche Dinge, denn eine Erzählung kann niemals die ganze Wirklichkeit einfangen. Aber eines können wir sicherlich feststellen, dass sich an diesem Morgen mehr ereignet hatte, als Janne in Erinnerung behalten wollte. Und so viel war klar: Er war dazu aufgefordert worden, aus diesem Zuhause zu verschwinden und nicht zurückzukehren. Wie ihm gesagt wurde, war er ein Versager und würde ein Versager bleiben. Alles war ihm misslungen. Für ihn gab es keine Hoffnung.

Aber vielleicht für jemand anders?

In verminten Gewässern

Die Tür wurde ohne Klopfen geöffnet, diesmal vorsichtig einen Spaltbreit, und eine männliche Stimme erklang, die eher höflich und schüchtern als fordernd fragte:
 – Entschuldigung, ich komme doch nicht ungelegen?
Der sehr hagere und sehr lange Mann trug eine dieser sonderbaren Lesebrillen, die man sonst nur auf der Nase von Wirtschaftsprüfern und Bibliothekaren sieht. Er hatte einen hellgrauen Flanellanzug an und eine Krawatte umgebunden, die möglicherweise die Mitgliedschaft in der einen oder anderen Gesellschaft anzeigte. In seiner ganzen Erscheinung lag etwas Vorsichtiges, Tastendes. Man konnte es als Unsicherheit deuten. Aber es konnte auch elegant kaschierte Neugier sein. Dies war jene Art von Menschen, die Janne am schwersten einordnen konnte, weil es ihnen gelang, hinter einer Maske vorgegebenen Desinteresses zu verbergen, was sie eigentlich wollten oder nicht wollten. Dieser Bibliothekarstyp – oder war er vielleicht Notar? – konnte, das spürte Janne, eine Treibmine sein, die in dem Augenblick explodieren würde, in dem man eines ihrer zerbrechlichen Hörner berührte. Sie würde explodieren und unangenehme Splitter verstreuen.
 – Ein Freund meiner Schwester?

– Nicht ganz. Nur ein zufälliger Besucher. Wirklich vollkommen zufällig. Dass ich hier gelandet bin, war reiner Zufall, nichts anderes.

– Den meisten fehlt die Absicht, nicht wahr?

– Ja, ich fürchte, Sie haben recht.

– Entschuldigen Sie bitte, wenn ich störe. Ich sehe ja, dass Sie lesen. Aber Sie haben nicht zufällig meine Schwester hier in der Nähe gesehen? Eine sportlich gekleidete Dame, ein ganzes Stück jünger als ich?

– Freilich. Ich warte gerade auf sie. Sie war eben noch hier.

– Oh, ich verstehe. Sie sind einer ihrer Freunde? Sie hat so viele, dass ich nicht alle kenne. Ich bin Fredrik Grane. Und Sie sind?

– Jan Friberg. Aber ich bin keine Freund der Familie, ich bin nur jemand, der vorbeigeschaut hat. Der, genau gesagt, gezwungen war einzutreten, um Hilfe zu bekommen. Ich hatte einen kleinen Verkehrsunfall.

Es war einer dieser etwas unangenehmen Augenblicke, in dem alles in der Schwebe ist. Und es war unklar, wer mit dem nächsten Satz an der Reihe war. Auch wenn er das Gefühl hatte, es wäre irgendwie vorteilhaft, den anderen zuerst sprechen zu lassen, fragte Janne:

– Sie wohnen also auch hier auf dem Hof?

– Nein. Ganz und gar nicht. Ich wohne auf dem Kungsholmen. In Stockholm also.

– Ja, ich kenne den Kungsholmen. Meine Firma, die Firma, die ich repräsentiere, Electrolux Svenska Försäljningsaktiebolag, hat ihren Hauptsitz auf dem Kungsholmen. In einem dieser hohen Türme in der Sankt Eriksgatan.

– Wie interessant! Das ist mir noch nie aufgefallen. Sie haben also etwas mit Electrolux zu tun?

– Das kann man so sagen. Ich repräsentiere die Firma. Im Mälar-Tal, im südlichen Bezirk: Sörstafors und Kolbäck.

Der Brillenträger schien sich damit zu begnügen. Und ging nahtlos dazu über, von sich selbst zu sprechen.

– Ich komme mittlerweile nicht oft hierher. In meiner Kindheit hingegen war ich die ganzen Sommer über hier. Wie finden Sie denn die Freiherrin Grane? Sie gehören ja zu ihrem Kreis.

Janne kam der Mann immer sonderbarer vor. Er hatte keine Lust, einen Kommentar über Frau … Freiherrin Grane abzugeben. Es war doch allzu deutlich, dass dieser Typ ihn auf Teufel komm raus darüber ausfragen wollte, warum er hier war und was er über die Familie wusste. Was immer er auch sagte, konnte es ihm ja nur erschweren, das einzige zu bekommen, was er wollte: ein Auto, das ihn und sein Fahrrad zum Bahnhof von Kolbäck bringen könnte.

– Ich gehöre leider nicht zu irgendeinem Kreis. Leider nicht. Ich kenne die Dame des Hauses erst seit einer halben Stunde, höchstens einer Stunde. Eine sehr feine Bekanntschaft, aber nichts, worauf ich Anspruch erheben könnte.

– Aha, und Ihr Name war gleich noch?

– Friberg. Jan V. Friberg. Von Electrolux in Västerås.

– Und Sie warten auf meine Schwester, wenn ich es richtig verstanden habe?

– Es ist so, dass ich einen Verkehrsunfall hatte. Ich habe die Kontrolle über mein zu schwer beladenes Fahrrad verloren und bin gestürzt. Und der Vorfall wurde dadurch verkompliziert, dass ich von einer verdammten Meute wütender kleiner Köter überfallen wurde …

– Die Hunde von Förster Lindén!

– Schrecklich, dass solche Tiere frei auf dem Weg herumlaufen dürfen.

– Na ja. Es gibt Schlimmeres hier in der Gegend. Und außerdem kommt schließlich nicht jeden Tag jemand dahergeradelt. Den Milchkannentisch gibt es ja nicht mehr. Das habe ich schon festgestellt. Er ist vermodert und liegt im Straßengraben. Kühe hat es seit der Zeit meines Großvaters hier nicht mehr gegeben. Er war wohl der letzte richtige Bauer. Ich glaube, Lindéns Hunde haben sich tatsächlich daran gewöhnt, dass sie hier bestimmen. Ganz so war es nicht, als ich noch ein Junge war. Aber kurzum, es gibt Schlimmeres als Lindéns dumme kleine Dackel.

– Und was wäre das?

– Die Dänischen Doggen des Forstmeisters. Vor denen, wissen Sie, sollte man sich tatsächlich hüten. Im Ernst!

– Wirklich?

– Sie sind imstande, Kleinkinder zu fressen. Die Frage ist, ob sie es nicht schon einmal getan haben.

– Und der Forstmeister wohnt auch hier, wenn ich es richtig verstanden habe?

– Nicht immer. Eigentlich ziemlich selten.

– Was macht er sonst?

– Er ist auf der Jagd.

– Er ist also der Gatte der Freiherrin? Habe ich das richtig verstanden?

– Nein, das haben Sie nicht.

– Dann verstehe ich überhaupt nichts.

– Das ist vielleicht ganz gut so. Dies hier ist kein gewöhnlicher Haushalt. Sie haben nicht alles richtig verstanden. Ehrlich gesagt ist das auch zu viel verlangt.

– Aber ich habe kein Bedürfnis danach, zu verstehen. Was ich brauche, ist Hilfe. Gibt es möglicherweise jemanden hier im Haus, der sich aufraffen und dafür sorgen kann, dass ich von hier wegkomme?

– Sie meinen, jemand sollte die Taxistation von Kolbäck anrufen?

– Oder in Västerås. Es ist mir ja vollständig bewusst, dass Sie hier ein paar schwere Tage haben, aber …

– Was meinen Sie mit schwer?

– Mit der alten Dame.

– Wieso?

– Sie schien nicht mehr viel Zeit zu haben.

– Nein. Das hat sie wohl nicht. Aus diesem Grund bin ich hier. Aber wenn Herr Friman …

– Friberg.

– Entschuldigung, Herr Friberg. Aber was ich sagen wollte, ist, dass es eine Weile dauern kann, falls Sie erwarten, dass meine Schwester die Initiative ergreift. Das Verhalten dieser Dame ist nicht besonders vorhersehbar.

Es klang wie eine Warnung. Janne war nicht wohl dabei. Er fühlte sich immer verwirrter von diesen sonderbaren Menschen, einer schlimmer als der andere. Und vor allem von seiner eigenen Unfähigkeit, die Sache anzupacken und voranzubringen.

– Frau … Fräulein …

– Freiherrin.

– Genau. Freiherrin Grane hat mich hier plaziert. Bis die Situation sich geklärt hat. Sozusagen.

– Aber das klingt doch ganz ausgezeichnet. Eine gute Idee. Herr Friberg, Sie warten immer noch?

Janne beschlich ein Gefühl der Unsicherheit. Versuchte

dieser Herr ihn zu warnen? Wovor? Vor irgendeiner subtilen Bedrohung, die womöglich von seiner Schwester ausgehen könnte? Aber das war doch undenkbar? Ihre kühle Höflichkeit, ihre eng anliegenden Reithosen, ihre pedantisch aufgesteckten braunen Haare, ihre leise Altstimme und ihre Art zu reden, artikuliert, aber sehr leise, so dass man sich ständig bemühen musste, sie zu verstehen … Wenn dies hier ihr Bruder war, und es sah ja ganz so aus, dann waren sie wohl ziemlich unähnlich.

Der Bruder unterbrach ihn ziemlich brutal in seinen Gedanken. Im Kopf war Janne damit beschäftigt, die schöne Frauengestalt aus dem Gedicht mit dem Erlebnis zu kombinieren, mit der vorerst vieldeutigen Begegnung mit der Herrin des Hauses.

– Ich würde mich nicht darauf verlassen, dass sie zurückkommt.

– Entschuldigung, wer?

– Irene. Meine Schwester. Die Herrin des Hauses. Die Reiterin.

– Darf ich fragen, warum?

– Sie hat so ihre Eigenheiten. Dazu gehört eine sehr lebhafte Phantasie. Sie hat vielleicht ihren poetischen Onkel erwähnt?

– Im Vorbeigehen, ja. Wir haben uns ein wenig unterhalten.

– Oh, das ist nicht gut.

Die nächste Pause währte noch länger.

– Wenn Sie in dieser Gegend so bewandert sind, haben Sie sicher gehört, dass er verschwunden ist? Dass er eines Tages einfach fort war?

– Ja, ich habe so etwas gehört. Ehrlich gesagt verstehe ich

mich wirklich nicht besonders gut auf Poesie. Ich kenne mich auch nicht mit den Poeten dieser Gegend aus. Und im übrigen auch sonst nicht mit Dichtern. Er ist verschwunden?

– Er wurde zweiundvierzig. Die letzten Jahre war er nicht ganz er selbst. Er vernachlässigte seine Gesundheit, ziemlich gravierend. Er schloss sich einer Clique an, die sich unten am Bahnhofshotel in Kolbäck aufhielt. Sonderbare Typen. Wenn man ihn in dieser Gruppe sah, war es nicht so ganz leicht auszumachen, wer von ihnen ein berühmter Poet war. Er begann – für längere Perioden – sich in der Gegend von Stockholm herumzutreiben. Es war die Zeit des Alkoholschmuggels aus Estland. Wir sprechen ja von der Vorkriegszeit, frühe dreißiger Jahre, nicht wahr?

Damals herrschte in Finnland ein totales Alkoholverbot, und die Esten, nun ja, einige von ihnen, machten viel Geld mit dem Schmuggel nach Stockholm und nach Åbo. Aus irgendeinem Grund bevorzugte mein Onkel den dubiosen estnischen Alkohol. Es schien so, als würden ihn die Schmuggler und das Schmugglerleben ebenso sehr interessieren wie der Alkohol.

– Der kann ihm ja nicht besonders gut bekommen sein?
– Nein, wirklich nicht.

Erneut ein schwer zu deutendes Schweigen.

– Aber es wurde schlimmer. Im Herbst 1938 begann er zu behaupten, es gäbe jemanden im Haus, der ihm seine Gedichte wegnahm. Er schrieb sie, und plötzlich waren sie ganz einfach verschwunden.

Offenbar glaubte er wirklich, es gäbe eine seltsame Person im Haus. Die in den Herbstnächten die Treppen knarren ließ und imstande war, ihm seine sorgfältig gespitzten

Bleistifte und frisch gefüllten Whiskygläser zu stehlen. Oder, was wohl immer öfter passierte, die Gläser hinter den Gardinen in den Fensternischen zu verstecken.

Er kam von einem seiner Spaziergänge zurück und behauptete, er habe im Bootshaus eine Botschaft gefunden. Die an ihn gerichtet sei. Emilia fragte, ob es möglicherweise ein Streich war, den wir Kinder ihm gespielt hätten. Hatte vielleicht jemand etwas an die Badehaustür geschmiert? Das war ja vorgekommen. Aber nein. So war es offenbar nicht. Wir Kinder schauten dort unten nach. Und wir konnten nichts dergleichen finden.

Dann begann er sich immer öfter zum Strand zu begeben, um nachzusehen, ob es neue Botschaften gab.

– Gab es welche?

– Wenn, dann sprach er jedenfalls nicht davon. Aber allmählich verbreitete sich das Gerücht, man hätte ihn da unten auf dem Eis neben dem Landungssteg stehen und mit dem Spazierstock in den Neuschnee schreiben sehen. Sie verstehen, das ist doch eine recht eigentümliche Art, Poesie zu verfassen. Wenn es nun Poesie war.

– Keiner weiß es?

– Nein. Das weiß keiner. Sein Verleger, seine Kritiker, seine alten Freunde, alle hätten so gern eine neue Gedichtsammlung gesehen. Jahrelang wurde gemunkelt, es gäbe sie, das Manuskript wäre irgendwo hier im Haus versteckt. Aber das glaube ich nicht.

Die Wahrheit ist, dass ich nun schon seit zehn Stunden nach dem Manuskript gesucht habe. Und ich habe nichts gefunden. Überhaupt nichts! Nicht den kleinsten Zettel. Hier gibt es kein Manuskript, Herr Friberg! Wenn es das ist, wonach Sie suchen, brauchen Sie sich keine Mühe zu machen!

In dem Moment schlug die prachtvolle Uhr, nach übertrieben komplizierten Vorbereitungen, Klopfen, Summen und Nebengeräuschen, neun Schläge. Der exzentrische Herr erhob sich und ging hinaus. Das war alles.

Janne wusste nicht genau, was er mit der plötzlichen Stille anfangen sollte. Er flüchtete in das Buch und fand sich an derselben Stelle wieder, an der er zuvor gewesen war:

> *Unter dem grünen Gewölbe der Bäume*
> *so bald, so unwiderstehlich verronnen*
> *an diesem hohen Tag, dem letzten Tag,*
> *ihres Kleides weißes Licht …*

Wie schön! So konnte das Leben also sein. Oder gewesen sein.

Das Geräusch der Treibriemen
oben unterm Dach

Und was haben wir hinzuzufügen? Der Traum ist noch nicht zu Ende.

Die Treibriemen da oben unterm Dach waren die ganze Zeit deutlich hörbar gewesen. Mit ihren bedrohlichen Geräuschen.

Dies ist ein äußerst komplizierter Traum.

Die Treibriemen in Onkel Claes Klempnerei hatten Irene schon immer Angst gemacht. Als kleines Mädchen war sie vor Schreck erstarrt, wenn sie auch nur an dem langen, niedrigen Fabrikgebäude vorbeigehen sollte. Aber daran vorbeigehen musste man ja, wenn man zu den großen, freundlichen Zimtbirnenbäumen gelangen wollte, die zu dieser Frühlingszeit blühten, sich aber erst rund um den Namenstag von Lars, dem 10. August, mit den kleinen, braunroten Früchten füllen würden.

Aus der Werkstatt kamen die sonderbarsten Geräusche, ein regelmäßiges Pochen, als stünde da ein Troll und schlüge auf einen großen Zylinder, oder ein plötzliches Brüllen und Zischen, als wäre die Mutter des Trolls über das eine oder andere verärgert. Und dann die lauten Angstschreie, wenn die Schleifmaschine lief: Das arme Blech mochte es nicht, geschliffen zu werden. Daran bestand kein Zweifel. Wenn man zu einer der Türen schlich, was Mut und Entschlossenheit erforderte, konnte man die weiß leuchtenden Glutbetten sehen, wo das Blech weich gemacht werden musste, um es zu Dachrinnen und Sturzrohren biegen zu können. Und am schrecklichsten von allem: die Treibriemen.

Sie kamen vom Dach herab und landeten an scheinbar zufällig ausgewählten Stellen unten auf dem dunklen Werkstattboden. Es gab schreckliche Geschichten von Arbeitern, die in den Treibriemen hängen geblieben waren. Sie konnten mühelos einem Arbeiter den Arm abreißen, und der Arm würde auf den Boden fallen, nachdem er eine oder vielleicht mehrere Runden von dem erbarmungslosen Riemen mitgeschleift worden war. Es gab grauenhafte Erzählungen – oder vielleicht hatte Irene sich das selbst ausgedacht – von ganzen Köpfen, die von diesen dämonischen Riemen abgerissen worden und oben unter der Decke hängen geblieben waren. Und mit blutunterlaufenen, rasch erstarrenden, aber dennoch vorwurfsvollen Augen heruntergestiert hatten.

Ganz zu schweigen von all dem, was unvernünftigen Kindern zustoßen konnte, die sich spielend oder neugierig in die dunkle Gewalt der Treibriemen begeben hatten. Das Schrecklichste an diesen Riemen war, dachte Irene, dass sie keine Ahnung hatten, was sie taten oder was sie anrichteten. Sie konnten einem unvorsichtigen Arbeiter die Hand am Handgelenk abreißen. Sie konnten einen rotglühenden Barren hämmern, bis er dünn genug geworden war, um zu einer Wetterfahne auf der Kirche von Berg zu werden. Oder sie konnten Blech biegen und das Häuschen des Schleusenwärters da oben bei Trångfors davor bewahren, zu einem noch schimmligeren Rattennest zu werden, wenn der Herbstregen kam und über dem Kanal niederging. Wo alle weißen und mahagonifarbenen Lustjachten schon längst verschwunden waren und die Schiffer und ihre Bootsmänner auf den Erzkoggen über die im Sturzregen schwer zu öffnenden Schleusenluken fluchten.

Einst hatten alle Achsen und Treibriemen der Klempnerei ihre öde, unpersönliche Energie von einer Dampfmaschine bezogen. Ganz hinten im Garten, am Zaun zu den Orlanders, waren immer noch die Reste der Kesselmauer zu sehen. Der Dampfkessel, jetzt ein rostbraunes Monster, das zwischen den verwitternden gelben Ofenziegelsteinen hervorschimmerte, die in Höganäs gebrannt werden, war zu schwer, zu unhandlich, als dass jemand die Kraft gehabt hätte, ihn von dort wegzubringen. Wie eine zur Hälfte gefangene, mit den Jahren immer röter werdende Leuchtbake stand er da eingemauert und gab seltsame Laute von sich, wenn man mit einem Pfahl darauf schlug. Aber nach dem ersten dumpfen, tiefen Ton kam ein anderes Geräusch, ein Rascheln oder Tuscheln, als wohnte jemand ganz Kleines dadrinnen. Und wäre von dem Dröhnen geweckt oder unangenehm gestört worden.

– Unsinn, das ist nur ein alter Kesselstein, der sich an der Innenseite gelöst hat, weiter nichts, sagte Orlander, der auf der anderen Seite des Zauns stand, ständig Pfeife rauchend und mit einem maliziösen Lächeln in dem Mundwinkel, in dem nicht die Pfeife saß. Aber Irene war sich sicher. Dort drinnen hauste etwas Sonderbares.

Heutzutage bezogen die Riemen ihre Kraft von einem großen Elektromotor auf der anderen Seite des niedrigen Gebäudes. ASEA stand auf dem Gehäuse mit dem mächtigen Haken, der wohl dazu gedient hatte, den Koloss an seinen Platz zu bringen, und nur noch einmal im Leben gebraucht werden würde. Und zwar, um den Motor wieder wegzuheben. Dieser große schwarze Käfer keuchte und stöhnte nicht. Er summte. Und funkelte rund um die Kohlebürsten.

Irene hatte sich schon immer ein bisschen vor Onkel Claes gefürchtet. Er konnte bald großzügig, bald ungeheuer geizig sein.

– Man kauft keine Schrauben, wenn man sie nicht unbedingt braucht. Man bewahrt gebrauchte Schrauben auf, wenn man sie aus Brettern und Schwellen zieht. Und dann ordnet man sie nach Größe. In verschiedenen Blechschachteln. Solche Blechschachteln findet man leicht. Die Leute werfen sie weg, wenn sie alle Kopfschmerztabletten und Halspastillen verbraucht haben, die sich darin befanden. Dann hat man eine Sammlung von Schrauben, die vielen verschiedenen Zwecken dienen können: Metallschrauben, die keine Spitze haben, was man von einer anständigen Holzschraube erwartet, Holzschrauben zum Versenken und Schrauben mit runden Köpfen, die sich für Flächen eignen, auf denen die Schrauben kundtun sollen, dass sie tatsächlich Schrauben sind. Und also kein Bedürfnis haben zu verbergen, dass sie sich an ebendem Platz befinden, an dem sie sich befinden.

Das Dunkel in Bo Gryta

―――――

– In gewöhnlichen Jahren haben wir die Boote Mitte Oktober an Land gezogen, fuhr der Schiffer der *Färna II*, ganz ungestört und offenbar völlig unstörbar, mit seiner Erzählung fort. Es gab einfach zu viel Wind. Zu große Dunkelheit. Zu viele Windböen. Elend und Teufelszeug aller Art. Um sechs Uhr abends findet man die Fahrrinne nicht mehr. Und später wird es nur noch schlimmer.

Natürlich gäbe es Geld zu verdienen, wenn man bis tief in den Herbst hinein weiterfahren würde. Aber das kann mehr kosten als es einbringt. Sogar die Gierigen von der der Aktiengesellschaft Strömholms-Kanal, sehen das ein und stellen jedes Jahr am 1. Oktober den Betrieb ein. Die Schleusenwärter, das versichere ich euch, sind die letzten, die das beklagen. Sie können dann das Winterholz schlagen. Und ein bisschen hier und da wildern, wenn sie etwas finden, das sie schießen können. Hasen. Mitunter können es auch Rehe sein. Schleusenwärter sind keine reichen Menschen. Es sind Männer, die in Ruhe gelassen werden wollen. In der Sommersaison haben sie gern Leute um sich. Sie reden und erzählen gern, welche Schiffe vorbeigefahren sind und welche sie erwarten: die *Färna II* und die *Färna III*, den Schlepper *Thor* und das Passagierschiff *Bore*.

Aber wenn der Herbst kommt, werden sie immer wortkarger. Sie sagen nur noch das Nötigste, aber nicht mehr. Man könnte meinen, sie wollten einen nicht an sich heranlassen. Aber sie sind nur so schweigsam, weil es sonst Beschwerden gibt. Und zu dieser Jahreszeit ist ja von Vergnügungsbooten keine Rede.

Morgens wird es so spät hell und abends so schnell dunkel, ohne dass man genau weiß, wann es angefangen hat. Dann wird es immer schlimmer. Ich bin tatsächlich auch schon spät im Oktober bei dünnem Eis durch den Åmänningen gesegelt. Man hört lustige Geräusche am Bug und spürt, dass sich das Boot nicht ganz so wie sonst bewegt. Bei diesen Dampfschiffen, *Thor* und *Sleipner* und dem Passagierschiff *Bore*, ist es anders. Bei ihnen gehen die feinsten Geräusche im Maschinenlärm unter.

Ja, wie ihr seht, hat die *Färna II* hohe Maste und viel Takelung. Und diese Koggen liegen nicht sehr tief. Eigentlich sind sie so gebaut wie die Kähne hier. Nur sehr viel größer. Und so verdammt übertakelt. Mehr als sie eigentlich vertragen. Bei gewöhnlichem Wetter, wenn man zweieinhalb Tonnen Roheisen unter Deck hat, geht das noch. Aber wenn man Deckladung und leichtere Güter transportiert, kann es schwieriger werden. Das ist nicht lustig, es mit den Herbststürmen zu tun zu haben. Und sie kommen Mitte Oktober wie auf Bestellung. Im Kanal selbst geht es ja noch, aber draußen auf den großen Seen ist das anders. Der Åmänningen ist am schlimmsten. Meiner Meinung nach kann der Åmänningen sogar vertrackter sein als der Barken.

In jenem Herbst, als die *Färna I* wie üblich ihre letzte Fahrt für das Jahr machen sollte, hinauf zum Barken, um in Smedjebacken für den Winter auf Reede gelegt zu werden, hatte sie nicht viel Ladung. Das meiste war Ballast, Kies aus Kvicksund und zwölf Tonnen Weizen oben an Deck.

Die letzte Passage über den Åmänningen schien reibungslos zu verlaufen. Als wir den Ryssgraven hinter uns hatten – da sind alle etwas ängstlich, aber nicht wegen der Russen, sondern weil es dort so eng ist, dass die Segel den Wind verlieren und anfangen zu flattern, als gäbe es etwas, was sie erschreckte –, also, als wir so weit gekommen waren, frischte es ein wenig auf. Es war ja spät im Herbst, die Sonne ging gegen sechs hinter dem Landsberget unter, und bald war es dunkel. Es ist nicht lustig, wenn es draußen auf dem Åmänningen dunkel wird. Da gibt es keine Leuchtfeuer. Und hätte es sie damals gegeben, hätte das wohl auch kaum geholfen.

Der See hat zahlreiche sonderbare Untiefen, die sich in alle möglichen Richtungen erstrecken. Wie Finger. Und Steine, einzelne Steine, die keine Verwandten haben, keine Steinhaufen. Ein einziger Stein kann allein daliegen, ganz allein und bedrohlich in einer Bucht unter Wasser wartend, in der es sonst nichts gibt. Liegt da und wartet. Er kann warten, lange. Bis er seinen Willen bekommt. Am besten ankert man, wenn man noch bei Dunkelheit weit draußen auf dem Åmänningen ist. Es gibt natürlich die Lichter der Dörfer Bodarna und Vretarna unten im Westen. Aber das hilft nicht weiter, wenn man nicht weiß, was dazwischen liegt. Manchmal kann es obendrein scheinen, als sei der Teufel persönlich am Werk. Und es gibt Untiefen, die sich zu bewegen scheinen.

In dieser Nacht sahen wir ein Licht draußen bei Enträ, der mit einst einem Baum. Aber ein Licht sollte es dort nicht geben.

– Da ist etwas, sagte Karlsson, mein Bootsmann.

Dabei sollte es dort nichts geben, was an einem Herbstabend leuchtet. Es konnte ein Speerfischer sein. Das ist zwar seit Jahren verboten, aber anscheinend pfeifen die Leute darauf.

– Kein gewöhnliches Feuer wirft so ein blaues Licht, meinte Karlsson.

– Nein. Das tut es wohl nicht, antwortete ich. Es kann irgendein richtiges Teufelszeug sein. Wir setzen wieder das Großsegel, so dass wir ein Stück vorankommen. Hier kann man ja überhaupt nichts sehen, halten wir auf Bodahamnen zu. Es könnte jemand sein, der Hilfe braucht, wandte der Bootsmann ein. Stell dir vor, wenn …

Es kann der Blärran sein, dachte ich. Packen wir an!

Wir drehten also ab, der Wind legte sich, und wir mussten ein Stück vor Bodahamnen ankern. Es bestand keine wirkliche Gefahr, aber ich ließ Karlsson für alle Fälle das Topplicht und die Laternen von Steuerbord und Backbord anzünden. Um diese Jahreszeit konnten wir nur noch *Thor* antreffen, das einzige Dampfschiff des Kanals, und dem waren wir schon am selben Nachmittag begegnet. Die *Bore* fuhr bereits seit etwa drei Wochen nicht mehr.

Es war still um uns. Weit im Süden war ein Seetaucher zu hören. Das war der einzige Laut. Außerhalb des Lichtkreises der Laternen war es stockfinster. Ich ging hinunter, setzte den Kaffeekessel auf und holte eine Flasche Gauffins Doppelmischung, ich verwahrte den Anisschnaps an einer geheimen Stelle in der Kajüte. Irgendetwas mussten wir intus kriegen. Dieses Licht war gar zu scheußlich.

– Es war der Blärran, meinte der Bootsmann. Er war jung und wusste es nicht besser. Den Blärran sollte man nicht beim Namen nennen, das sagen die alten Fischer immer, die in Trångfors auf den Bänken sitzen. Und von all dem Unheimlichen erzählen, das sie zu ihrer Zeit erlebt haben.

Aber Karlsson war tüchtig. Er fürchtete sich nicht davor, in die Takelung zu klettern, wenn es nötig war.

Als wir unseren Kaffee getrunken hatten – gemischt, wie ich zugeben muss, mit einem kräftigen Schluck Schnaps –, gingen wir wieder an Deck. Aus irgendeinem Grund war keiner von uns hungrig.

Wir schwoiten und drehten uns um den Anker, und ich wollte gerade zum Bootsmann sagen, dass wir für die Nacht doch noch einen weiteren Anker auswerfen sollten, der Teufel weiß, was passieren kann, wenn man zu schwoien anfängt. Da bemerkte ich, dass Karlsson sich bemühte, nicht auf jener Seite zu sein, die Enträ zugewandt war. Doch als wir uns langsam weiterdrehten, kam dieses sonderbare weißblaue Licht, nicht größer als ein Punkt unten im Osten, wieder zum Vorschein. Es gefiel keinem von uns.

Aber der Bootsmann hatte offenbar etwas zu lange dagestanden und gestarrt. Dieser Schein schien etwas von ihm zu wollen. Und bevor ich richtig begriff, was geschah, hatte dieser Schlingel die Jolle zu Wasser gelassen und verschwand hinaus in die Dunkelheit.

– Ist er zurückgekommen?, fragte Irene.
– In gewisser Weise.

Es schien so, als hätte der Schiffer keine größere Lust, näher darauf einzugehen.

– Was ist der Blärran?
– Wenn ich eine Ahnung hätte, würde ich es euch sagen, antwortete der Schiffer in einem überraschend barschen Ton. Ich habe tatsächlich keine Ahnung.

– Und was ist dann passiert?

– Karlsson kam zurück, ziemlich bleich, und sagte, da sei nichts.

– Aber das Licht?

– Das Licht, natürlich, das war verschwunden, während er darauf zuruderte. Aber er wollte nicht darüber sprechen. Eigentlich war der Kerl nach dieser Episode nie wieder er selbst. Ich frage mich noch heute, was er gesehen haben mag. Worüber er nicht sprechen mochte. Danach wollte er nicht mehr zur See fahren. Er wechselte den Beruf und kam zur Lancashire-Schmiede in Ramnäs. Ein paar Jahre lang konnte man ihn dort in der Werkzeugschmiede antreffen. Ich habe keine Ahnung, wohin er dann verschwand.

Am nächsten Tag fuhren wir weiter, setzten um sieben Uhr, noch im Halbdunkel, die Segel. Es gab ein wenig Wind. Zwei Tage später waren wir in Smedjebacken.

– Aber wollte der Onkel nicht erzählen, wie die *Färna I* unterging?

– Ja, das ist eine ganz andere Geschichte. Die *Färna*, also die *Färna I*, sollte ich vielleicht sagen, ging zwei Jahre später unter, direkt am Rand von Bo Gryta, vor dem Bohamnen. Es ging schnell. Den ganzen Nachmittag über war es schon etwas schwül gewesen, mit der einen oder anderen Böe über dem Wasser, das die Bauern Stora sjön nennen. Ich hatte nachdrückliche Anweisungen gegeben, das Toppsegel einzuholen, wenn es zu starke Windstöße gäbe. Wir waren bis zur Wasserlinie und sogar etwas darunter mit erstklassigem Roheisen beladen, weshalb klar war, dass wir nicht beliebig viel aushalten konnten. Aber der Bootsmann war faul.

– War es derselbe Bootsmann, der zu dem Licht auf der Insel gerudert ist?, fragte Irene.

– Nein. Wie hätte er das sein können?
Der Schiffer klang verärgert.

– Es war eine Art Gewitterböe, so schwarz und heftig, dass es einem den Atem nahm, ich erkannte sofort, dass wir kentern würden. Und das taten wir mit Wucht. Nicht einmal die Taschenuhr, meine alte Silberuhr, die ich an einem Haken über der Pritsche hängen hatte, konnte ich noch greifen. Wir kamen auf der äußersten der kleinen Granholmarna an Land, und da hockten wir bis gegen Abend, als ein Ingenieur, der ein Sommerhäuschen in der Halvars-Bucht hatte, mit seinem Motorboot vorbeikam. Mittlerweile war das Gewitter vorbei, und es hatte aufgeklart, so dass wir nicht mehr so sehr froren.

Er war zum Einkaufen in Engelsberg gewesen.

– Wer?

– Der Ingenieur. Er hatte zwei niedliche kleine Mädchen mit weißen Hütchen mit Kinnband dabei. Es waren seine Töchter. Sie hießen Ingegerd und Sigrid. Falls das interessiert. Das Schiff des Ingenieurs war ein feines Mahagoniboot, das dem Hüttenwerksbesitzer Sixten Grane gehört hatte.

– Also der Vater von Grane, dem Poeten?, fragte Irene.

– Ja. Genau. Ein gut erhaltenes Mahagoniboot. Mit einem eingebauten Penta-Motor mit acht PS. Mit ihm durften wir nach Engelsberg fahren. Und dann wurde ein Seeprotest verlangt. Die eidesstattliche Erklärung musste ich natürlich unten in Strömsholm abgeben, im Kontor der Kanalgesellschaft. Und ich berichtete genau, wie es sich verhalten hatte. Und es hatte sich so und nicht anders verhalten, dass wir für diese Ladung zweifellos übertakelt waren angesichts einer derartigen Gewitterböe, die mit einer so verteufelten

Geschwindigkeit daherkommt, dass niemand schnell genug reffen kann. Keine Chance. Und im übrigen sind diese schweren Erzkoggen immer übertakelt gewesen. Nein, das will ich euch sagen, mit einer so verdammt hohen Takelung kann man Roheisen nur bei richtig gutem Wetter transportieren. So einer mächtigen Gewitterböe sind die Koggen nicht gewachsen.

– Aber die Uhr?

– Welche Uhr?

– Die Taschenuhr? Die Silberuhr? Die zurückblieb. An dem Haken über der Pritsche in der Kajüte. Hängt die immer noch da unten in der dunklen Tiefe von Bo Gryta?

– Großvaters Silberuhr! Ja, die ist noch dort. In guter Verwahrung. Wer sollte sie stehlen können, meinst du? Sie hängt an ihrem Haken über der Pritsche. Das will ich meinen. Wer eine anständige alte Silberuhr vom Boden von Bo Gryta stehlen will, der muss ein mutiger Kerl sein, das kann ich euch versichern. Die Stelle, wo die *Färna* liegt, ist keine gewöhnliche Stelle. Innerhalb von dreißig Metern vertieft sie sich von sieben, acht Metern bis zu neunzig. Und wie gesagt, keine Lotleine hat je den Boden in der Mitte des Lochs erreicht. Es heißt, das Loch wölbe sich nach innen und reiche bis ans Ende der Welt. Das pflegten die alten Schiffer zu sagen. Und sie schauderten und schüttelten ihre weißhaarigen Köpfe, wenn die Rede auf solche Grässlichkeiten kam. Die alten Schiffer saßen gewöhnlich an schönen Sommerabenden in einer einzigen langen Reihe bei den hohen Schleusen in Trångfors. Wenn das Wetter warm und windstill war. Sie saßen da und schwatzten. Über alles, was sie erlebt hatten. Und alle hatten genau dieselben Geschichten schon gehört. Nicht einmal, sondern viele Male. Jemand erzählte. Die anderen hörten zu. Und dann sogen sie an ihren Pfeifen und nickten und fingen wieder von vorn an. Sie waren keine ganz alltäglichen Menschen, diese alten Schiffer, müsst ihr wissen. Jedenfalls haben sie immer behauptet, dass die Mitte von Bo Gryta keinen Boden hat.

– Keinen Boden?
– Nein. Keinen Boden. Dieser Trichter mündet in die Unendlichkeit.
– Ist das möglich?
– Frag mich nicht. Etwas muss es doch in dieser Welt geben, das bis zur Unendlichkeit reicht.
– Aber wie war das mit der Silberuhr?, fragte Irene.
– Wie gesagt: Die Uhr hängt da unten an ihrem Haken.
– Aber sie muss doch längst stehengeblieben sein, meinte Irene. Und biss sich auf die Zunge. Nun hatte sie wirklich etwas Dummes gesagt, fand sie.
– Nein, das ist überhaupt nicht sicher, erwiderte der Schiffer.
– Aber, sagte die Nichte, nach so vielen Jahren muss sie doch stehengeblieben sein?
– Es ist gar nicht sicher, antwortete der Schiffer, dass die Zeit hier oben auf dieselbe Art voranschreitet wie da unten in Bo Gryta.

Ganz und gar nicht!

Die Uhr, die in Bo Gryta landete

– Die Uhr da unten an ihrem Haken in der Kajüte auf der Erzkogge *Färna I* – die tickt und geht. Tickt und geht.
– Wie kann das sein?
– Sie geht in einer anderen Zeit. Da unten ist es so tief, dass Zeit zu Raum wird und Raum zu Zeit. Es gibt solche tiefen Löcher. Hier und da auf der Welt.

Die Nichte mit dem Hund nickte nachdenklich, als könnte sie nichts anderes tun als zuzustimmen. Der Onkel, der Schiffer auf der *Färna II*, zog eine gekrümmte alte Pfeife aus der Brusttasche. Der Tabak hieß Indiabrand und wurde aus einem zusammengeknüllten Päckchen, das sich in der anderen Brusttasche befand, sorgfältig und genüsslich herausgezupft.

– Was ist eigentlich mit diesem Zug passiert?, fragte Irene. Es ist doch ein Unglück geschehen; mit dem Zug, den ich nehmen wollte.
– Ein Lastwagen mit Zementrohren, erklärte der Schiffer. Dicke Rohre, große Bestien. Der Fahrer hatte noch Glück. Er ist rechtzeitig aus dem Fahrerhaus gesprungen. Aber dem Wagen ist es schlecht ergangen. Sei froh, dass du nicht nach Västerås gefahren bist.
– Warum sollte das gut für mich sein?

– Das wirst du vielleicht mit der Zeit herausfinden, meinte der Schiffer und sog genüsslich an seiner Pfeife. Aber wenn du schon da bist, könntest du mir einen kleinen Gefallen tun.

– Wenn es nicht zu schwierig ist.

– Es geht darum, sagte der Schiffer, dass ich eine Sache vom Hüttenwerksbesitzer Stenhake geborgt habe. Der oben auf dem Hügel in dem großen weißen Haus wohnt. Du erkennst es, wenn du es siehst. Es liegt zuoberst auf dem Hang, über dem Kanal, und hat eine Veranda mit fünf weißen Säulen.

Diese Sache muss zurückgegeben werden. Der Hüttenwerksbesitzer muss sie spätestens morgen haben. Sonst wird er wütend auf mich. Und das ist nicht gut. Mit Kåge Stenhake ist nicht zu spaßen. Unten im Hüttenwerk nennen ihn die Arbeiter den Schwarzen König.

Irene verspürte keine Lust, mit Hüttenwerksbesitzer Kåge Stenhake zu spaßen.

– Warum nennen sie ihn den Schwarzen König?

– Ich weiß nicht. Das war schon immer so. Es hat vielleicht etwas mit dem Walzwerk zu tun. Da gibt es viel schwarzen Ruß.

– Aber er hält sich doch nicht unten im Walzwerk auf?

– Nein. Ich glaube nicht, dass man ihn jemals dort gesehen hat.

– Warum dann der Schwarze König?

– Ich vermute, dass es auch einen weißen König gibt, wenn es denn schon einen schwarzen gibt. Aber ich habe keine Ahnung, wo der steckt. Hüttenwerksbesitzer Stenhake kommt und geht. Er wählt seine eigenen Wege. Man sieht ihn hier und da. Aber selten dort, wo man ihn erwartet.

– Kann der Onkel diese Sache nicht selbst zurückgeben?
– Nein. Genau das kann ich nicht. Ich muss mich um das Schiff kümmern. Ich kann nicht einfach weggehen. Es ist eine große Verantwortung, die *Färna II* hier am Kai liegen zu haben. Man weiß ja nicht, was für Typen auftauchen können.
– Und der Bootsmann?
– Er hat wegen des Begräbnisses seiner Tante frei bekommen, und ich habe keinen anderen, der Wache halten könnte. Es ist so, verstehst du, dass ich viele Güter an Bord habe, für die ich die Verantwortung trage. Mein Name steht auf dem Konnossement. Für beides, das Schiff und die Ladung.

Irene hatte das starke Gefühl, dass dies möglicherweise ein Vorwand war. Sie schaute das andere Mädchen an. Aber die Nichte erwiderte ihren Blick nur und nickte, als meinte sie, dies wäre doch jedem Menschen begreifbar.

– Was ist ein Konnossement?
– Lernt man das nicht in der Schule?
– Jedenfalls nicht in meiner Schule.
– Das Konnossement, das alle Schiffer unterschreiben, ist eine Quittung, die besagt, dass man bestimmte Güter an Bord genommen hat. Dann trägt man auch die Verantwortung dafür. Bis sie abgeliefert worden sind.
– Ich verstehe, meinte Irene, hat man den Teufel an Bord genommen, dann muss man ihn auch an Land rudern.
– So kann man es auch sagen, entgegnete der Schiffer und zündete sorgfältig seine kleine krumme Pfeife an. Sie schien schon einiges mitgemacht zu haben. Aber es ist natürlich kein sehr feiner Sprachgebrauch. Ein nettes junges Mädchen wie du sollte doch nicht den Teufel beim Namen nennen?

– Aber die Roheisenladung der *Färna II* zu stehlen ist doch ein ziemlich harter Job? Dauert das nicht die ganze Nacht? Braucht es dazu nicht ziemlich viele Diebe?

– Freilich. Das mag wohl sein.

– Ist es eine sehr schwere Sache?

– Was?

– Die, die unbedingt an Hüttenwerksbesitzer Stenhake zurückgegeben werden muss?

– Ach so, die. Der Schiffer kramte mit einer gewissen Mühe ein kleines hartes Etui aus der Innentasche seiner Jacke. Es wäre, wie ich schon gesagt habe, sehr nett von euch, wenn ihr mir helfen würdet, das zurückzubringen.

– Wir gehen hin. Wir schauen es uns an, sagte die Nichte des Schiffers. Dann haben wir eine Chance, das Zugunglück zu sehen. Mit dem Lastwagen, der angefahren wurde.

Irene zögerte. Es war ganz offensichtlich, dass der Schiffer Angst davor hatte, mit diesem Was-es-nun-war, das er aus der Tasche gezogen hatte, zum Haus des Hüttenwerksbesitzers zu gehen. Der Gegenstand sah aus wie ein Uhrenetui. Wenn er Angst hatte, sollte sie keine haben?

– Wenn es nicht zu weit zu gehen ist. Ich habe keine Lust, meinen Koffer die ganze Zeit umherzutragen. Er soll nach Västerås.

– Wir bitten meinen Onkel, auf ihn aufzupassen. Wir stellen ihn in die Kajüte der *Färna II*. Dort wacht der Schiffer über ihn.

– Ist das klug?

– Fällt dir etwas Besseres ein?

– Da ist noch etwas, sagte der Schiffer – und sog nachdenklich an dieser Pfeife, die schon allzu viel mitgemacht zu haben schien, als dass ein vernünftiger Mensch sie im

Mund haben wollte. Das sollte ich vielleicht erwähnen. Falls der Hüttenwerksbesitzer Stenhake gerade schläft, wenn ihr eintrefft ...

– Ja? Was dann?

– Dann wartet, bis er aufwacht. Oder, mit anderen Worten: Was ihr auch tut, weckt ihn nicht auf!

– Und warum nicht?

– Das wäre nicht gut. Tut jetzt, worum ich euch gebeten habe. Und vor allen Dingen: Weckt ihn nicht auf!

Irene trifft Irgendjemand

Zögernd steckte Irene das kleine Etui in ihre hübsche weiße Handtasche, ein Konfirmationsgeschenk, auf das sie sehr stolz war und ständig trug, weil sie keine andere Tasche hatte.

Sie hätte ihre Neugier leicht stillen können, indem sie das Futteral geöffnet hätte. War es möglich, dass sich eine Uhr darin befand? Vielleicht eine alte, solide Silberuhr von der Art, wie sie Kanalschiffer gewöhnlich benutzen und von einer Schiffergeneration an die andere weitergeben? Hörte man nicht ein leises Ticken, wenn man das das Etui ans Ohr hielt, oder war das nur Einbildung? Sie hätte das Futteral bestimmt mit einem einzigen Knipsen öffnen können.

Aber sie tat es nicht. Sie war dazu erzogen, ihre Nase nicht in Angelegenheiten zu stecken, wo sie nicht hingehörte. Wie der Klempner es auszudrücken pflegte.

Vom Eisenbahnübergang aus konnte man schon das große Herrenhaus dort oben auf dem Storåsenhöjden sehen. Es lag da, als würde es im Mailicht hinter zartgrünen Birken und duftenden Fliederbüschen triumphieren. Obwohl Irene ihr gesamtes Leben im Knektbacken verbracht hatte, war sie nie in der Nähe dieses Herrenhauses gewesen. Irgendwie war ihr immer etwas unklar gewesen, wie man eigentlich dorthin gelangte. Verschiedene Bekannte und Fremde, die man ansprach, gaben jeweils verschiedene Auskünfte. Man konnte sich fragen, ob einer von ihnen wirklich je dort gewesen war. Auf dieser Seite des Kanals lag ja der Tomtebovägen, und der verlief über eine Brücke weit oben am Kraftwerk in Trångforsen vorbei. Aber sie hatte keine Ahnung, auf welche Weise diese Brücke zum Herrenhaus führte. Irene hatte eine schwache Erinnerung, dass der frühere Kraftwerksmaschinist, Herr Spångberg – von dem es hieß, er sei ein entfernter Verwandter von ihr –, einmal in der Werkstatt von einem Weg gesprochen hatte, der über ein paar Fußgängerbrücken führte. Aber dieser Weg war von einer abgeschlossenen Zauntür versperrt, was daran lag, dass nicht irgend jemand die Kraftstation betreten durfte. Irgendjemand könnte ja furchtbare Schäden anrichten und die Beleuchtung in der ganzen Gemeinde außer Betrieb setzen.

Wie auch immer, die Sache mit Irgendjemand war freilich nur ein Gerücht, eine Legende, die nicht so leicht zu überprüfen war.

– Man nimmt nur den üblichen Weg über den Kanal, aber dann biegt man rechts ab nach Forsby, ehe man die Hauptstraße erreicht hat, hatte der Klempner einmal erklärt. Den üblichen Weg zu nehmen bedeutete, dass man die Eisenbahnstrecke beim Übergang unten am Stationsvägen überqueren musste.

Und gerade an diesem Tag war das nicht so einfach. Warum konnte der Schiffer dieses geheimnisvolle kleine Etui nicht selbst überreichen? Dass er das Schiff bewachen musste, konnte doch nichts anderes als ein Vorwand sein. Wer stahl mitten im Ort und zwischen den Schleusen Roheisen? Wie sollte das möglich sein? Genau genommen hatte Irene keine Lust, sich in weitere Abenteuer hineinziehen zu lassen. Jetzt, wo zudem der gewöhnliche Übergang ganz und gar von Wrackteilen blockiert war. Ein Zug war direkt in einen Lastwagen gefahren. So wie es der Stationsvorsteher vor einer halben Stunde beschrieben hatte.

Der Bahnübergang war mit Zauntüren abgegrenzt, es gab aber keine Schranken. Und von dem Lastwagen war wirklich nicht mehr viel übrig. Ein paar Räder lagen lose im Straßengraben und überall verstreut die großen Zementrohre, hierhin und dorthin geschleudert. Es war offensichtlich, dass hier kein Zug durchkommen konnte. Aber die Lokomotive, die das ganze Elend verursacht hatte, hatte offenbar den Rückzug angetreten. Sie war nicht mehr zu sehen. Der Mann, der den Lastwagen gefahren hatte, saß bleich auf einem Stein und wirkte geistesabwesend. Sehr viele Menschen hatten sich an der Stelle versammelt. Es war schon Nachmittag, und etwas Interessanteres war an diesem Tag nicht geschehen.

Irene und die Nichte schlichen sich heran, neugierig und erschrocken. Und fast gleichzeitig kam ein junger Mann von der anderen Seite. Er schlich nicht, er drängte sich durch die Zuschauermenge, in der Hand eine kleine schwarze Box (es war eine Kastenkamera vom Modell Brownie Nr. 2, aber das konnte man auf diese Entfernung nicht erkennen), die er hoch über dem Kopf trug.

– Entschuldigung!, rief er nach rechts und links. Aber kaum jemand ließ ihn durch.

– Warum sollten wir dir Platz machen?, rief ein korpulenter, rothaariger Typ mit karierter Sportmütze und Golfhosen.

– Ich bin der Fotograf.

– Zum Teufel auch, erwiderte der Fettwanst. Was für ein Fotograf?

– Ich fotografiere für die Zeitung, antwortete der junge Mann mit der Kamera. Er schien jetzt völlig damit beschäftigt zu sein, den ganzen Umfang der Katastrophe in dem unscharfen winzigen Sucher einzufangen. Es war wirklich eine lächerlich kleine Kamera für eine so große Aufgabe, konnte man meinen.

– Was für eine verdammte Zeitung – das wüsste man doch gern.

– Du störst mich. Ich versuche, ein Bild zu machen.

Der Fettwanst war anscheinend im Begriff, nach diesem Satz einen Angriff zu starten. Und die Situation schien alles andere als vielversprechend für den jungen Mann: Dieser Rothaarige war ja doppelt so umfangreich wie der magere Fotograf. Irgendwie wirkte der Fotograf verletzlich.

War die Lage so, dass man sich einmischen sollte?, fragte sich Irene. Vielleicht sollte man das. Ein so großer, fetter Kerl sollte wirklich nicht einen feinen jungen Fotografen daran hindern, ein derart dramatisches Ereignis zu verewigen. Sie ging direkt auf die beiden zu. Die Männer schauten Irene an, als wären sie nicht sicher, ob das, was sie sahen, wirklich war oder nicht.

– Sie stören ihn. Sie sehen doch, dass er versucht, ein Bild zu machen.

– Das geht dich doch einen Scheißdreck an, verdammte Fünfzollmadame, antwortete der Fettwanst.

– Sie sind es, der sich in Acht nehmen sollte, warf die Nichte des Schiffers ein. Nehmen Sie sich verdammt gut in Acht!

– Zum Teufel auch. Warum das?
– Sonst könnte es sein, dass Sie nicht mit auf dem Bild sind.
– Na und?
– Sie werden schon sehen.

Der Fettwanst schien darüber ebenso erschrocken wie aufgebracht. Irene konnte nicht verstehen, warum. Gab es Regeln, die sie nicht kannte oder kapierte? Seltsame Einverständnisse und unbegreifliche soziale Übereinkünfte?

Es sah tatsächlich danach aus.

Der Hund, der kastanienrote Setter, war ihnen die ganze Zeit gefolgt, obwohl sie mittlerweile das Band um seinen Hals gelöst hatten. Bald blieb er ziemlich nah bei ihnen, bald lief er ein Stück hinter ihnen, je nachdem, ob er etwas fand, das ihn mehr interessierte, die Witterung eines Eichhörnchens oder eine Reviermarkierung an einem dieser Laternenpfähle, die hier und da an den Straßen und Gassen des Ortes standen. Es gab keinen Zweifel, dass dieser Hund schlau war. Fast ein bisschen zu schlau.

Sie hatten die große weiße Villa da oben auf dem Hügel mittlerweile in Sichtweite, aber es war gar nicht so leicht, dahin zu gelangen. Und der Hund verstand offenbar, klug, wie er war, dass dieser mit Wrackteilen übersäte Eisenbahnübergang nicht passierbar war. Jedenfalls nicht gerade jetzt.

Das weiße Haus, in dem also der Hüttenwerksbesitzer Stenhake wohnen sollte, schimmerte ärgerlich deutlich, aber schwer erreichbar oberhalb der Kanalböschung. Jetzt begann der Hund eine andere Richtung einzuschlagen, blieb kurz stehen, um sich zu vergewissern, dass sie ihm folgten, dass sie ihn sahen, und lief dann weiter. Unter den

Bäumen am Kanal, unter den Kronen dichter und offenbar sehr alter Espen und Linden, gab es tatsächlich eine Brücke. Eine Holzbrücke, auf altertümliche Art mit soliden Steinkisten tief unten im Wasser verankert. Das schwarze Wasser bildete Strudel um die Steine der Kisten, die lange Haare hatten. Das heißt, das Seegras, das auf ihrer Oberseite wuchs und jahrhundertealt zu sein schien, wogte im Strom wie lange Haare.

Irene war der Trångforsen ja nicht unbekannt, von Kindesbeinen an hatte sie in diesem alten Hüttenwerksort gespielt und war geradelt und gelaufen. Aber dieses Haus hatte sie tatsächlich noch nie gesehen.

Der Hund war schon draußen auf der Brücke. Vermutlich konnte man sie hochklappen. Wie sollte sonst ein Boot auf dem Kanal hier durchkommen? Oder war es vielleicht gar nicht der Kanal, der hier unten durchfloss, sondern ein anderes Gewässer?

Vom anderen Ufer her kamen ihnen zwei Mädchen entgegen, die so eigentümlich gekleidet waren, dass es nur eine Erklärung gab: Sie waren zu einer Maskerade unterwegs. Sie trugen Sachen, die offenbar ein Kreuzworträtsel darstellen sollten. Sogar ihre lächerlichen Hüte hatten schwarze und weiße Karos.

– Hallo, sagten die Kreuzworträtselmädchen. Was tut ihr hier? Ist es so ausgemacht, dass ihr hier sein sollt?

– Wieso ausgemacht? Wir wollen hinauf zum Hüttenwerksbesitzer Stenhake, erwiderte die Nichte des Schiffers. Und wir können das Haus ja sehen. Aber es scheint nicht so einfach zu sein, dorthin zu gelangen.

– Nein, das ist es wirklich nicht. Wir versuchen es schon seit heute früh. Aber wir kommen nur bis zu einer blöden

Zauntür. Sie ist zugesperrt. Wir gehen über den Steg, den Klappsteg, meine ich. Aber dann ist Schluss.
 – Klappsteg?
 – Na, aber das weiß doch jeder: Ein Klappsteg ist eine hochklappbare Brücke.
 – Oh, ich verstehe, sagte die Nichte des Schiffers. Es ist so ein Wort, wie man es nur in Kreuzworträtseln findet, nicht wahr?
 – Da könnte etwas dran sein, erwiderte das eine Mädchen.
 – Ihr seid vielleicht zu einer Maskerade unterwegs?
 – Nicht dass wir wüssten.
 – Weil ihr so komisch angezogen seid.
 – Findest du?
 – Na ja, mit diesen Kreuzworträtselzeilen.
 – Alle Menschen interessieren sich heutzutage für Kreuzworträtsel, sagte das erste Mädchen. Sie sind sehr populär.
 – Dann macht ihr vielleicht Reklame für Kreuzworträtsel?
 – Daran haben wir nicht gedacht. Aber vielleicht tun wir das.
 – Und ihr wollet hinauf zum Herrenhaus, zu Hüttenwerksbesitzer Stenhake?
 – Ja, antwortete das Mädchen. Oder nein, nicht wirklich. Wir wollen da hinauf und für seinen Gärtner arbeiten. Im Gewächshaus.
 – Was wollt ihr da machen?
 – Artischocken abschneiden. Die wachsen dort oben auf dem Hügel. Sie werden in Gewächshäusern gezogen. Sonst könnte man so früh im Jahr keine Artischocken ernten.

– Das wäre schwer, fügte das andere Mädchen hinzu. Aber möglicherweise ließe es sich machen.
 – Wie denn?
 – Mit allen möglichen magischen Mitteln.

Ein kniffliger Tonartwechsel:
D-Dur zu c-Moll

Jan Viktor Friberg erwachte in kalten Schweiß gebadet. Er hatte das Gefühl, als hätte er im Schlaf ziemlich hohes Fieber bekommen. Und als wäre es dann wieder verschwunden, auf der Suche nach einer ergiebigeren Beute.

Das Aufwachen kam ziemlich brutal. Etwas musste geschehen sein, aber er konnte nicht sofort erkennen, was. Der Sessel, zwischen dessen breiten ledernen Armlehnen er sich in einer Art Fötusstellung zusammengekauert hatte, war nicht mehr bequem. Er fühlte sich unwohl in dieser Haltung, die er vorhin noch als so angenehm empfunden hatte. Vielleicht hatten seine eigenen, allzu lauten Schnarcher ihn geweckt? War das Feuer im Kachelofen erloschen? Was war geschehen? Das Haus schien plötzlich viel stiller. War die Alte gestorben? Warum war alles so still? Es konnte doch nicht schon Morgen sein?

Von der Dame – er wusste nicht mehr genau, wie er sie sich vorstellen sollte, zog es aber vor, sie in seinen diffusen Gedanken die Dame zu nennen – gab es keine andere Spur als den winzigen Hauch eines Dufts nach Pferd und einem sehr herben Parfüm. Und – dachte er mit einem Schauder, der seinen ganzen Körper durchlief – nach Frau?

Was spielte sich hier eigentlich ab? Vorsichtig befreite er sich aus dem Griff des Sessels und schlüpfte in seine Schuhe. Sie waren immer noch ziemlich feucht und hätten mit Zeitungspapier ausgestopft gehört. Aber woher sollte man das nehmen? Er sah keine Zeitungen, sondern musste seine wenig gemütlichen Schuhe so nehmen, wie sie waren. Überhaupt galt das offenbar für alles hier. Man musste die Dinge so nehmen, wie sie waren, und in der Reihenfolge, in der sie eintrafen.

Er wollte den Weg wählen, auf dem er gekommen war. Das schien die einzig vernünftige Art, sich aus einer Situation zu befreien, die allmählich ziemlich festgefahren schien. Hinaus in die dunkle Halle, hinein in die Küche, wo das erforschte und kartierte Land für ihn endet. Seine Windjacke und seine Demonstrationstasche aus braunem Segeltuch mit zwei Handgriffen und Reißverschluss, in der das Electrolux-Haushaltsgerät Assistent steckte, müssten sich ja irgendwo da draußen finden. Zumindest konnte man das hoffen, wenn man noch irgendeine Hoffnung hatte.

Als erstes war die Tür zur Halle ein Problem. Für einen Moment glaubte er, er wäre eingesperrt. Kurze Panik und dann die Entdeckung, dass der solide Messingknauf in die entgegengesetzte Richtung gedreht werden musste. Jan Viktor Friberg war diese vornehmen Messingknäufe nicht gewöhnt. Wo er sich üblicherweise bewegte, hatte man es mit weniger komplizierten Türklinken zu tun. Aus vernickeltem Material. Oder Klinken aus schwarzem Bakelit.

Die Tür quietschte, als er die jetzt leere und dunkle Küche betrat. Nach einigem Tasten und Suchen fand er einen Lichtschalter, drückte darauf und staunte, welch bemerkenswerte Ordnung hier herrschte, wo es vorhin überall aus Töpfen und Schüsseln gedampft und gekocht und gezischt hatte. Doch nun war die große Küche völlig menschenleer und aufgeräumt. Wie eine stillgelegte Fabrik, dachte er. Wie ein altes Hüttenwerk oben in einer Waldsiedlung, vielleicht noch mit Spuren von Herden und Öfen, von Gebläsen und Wasserrädern und schweren Geräten im Gras.

Der große Eichentisch in der Mitte, wo so viele Aktivitäten stattgefunden hatten – all das Hacken, Schälen, Putzen und Reiben –, war leer, sauber und still. Wie der Skanssjön an einem Sommermorgen.

Er überlegte hin und her, was er tun sollte. Was war der nächste Zug? War er überhaupt derjenige, der am Zug war? Diese ganze Sache war wirklich im Begriff, sich in eine Schachpartie zu verwandeln. Statt die Gedanken auf das eigentliche Problem zu lenken, nämlich wie er von hier fortkommen sollte, wählte er mit instinktiver Sicherheit ein kleineres Problem: Wo konnten die Windjacke und die Demonstrationstasche geblieben sein? In der Halle waren sie nicht. Konnte sie jemand hier in der Küche abgestellt haben? Oder hatte man sie in den Salon gebracht?

Er tat ein paar weitere zögernde Schritte zurück in das große Zimmer, und dabei vernahm er hinter sich ein sehr diskretes, aber ganz deutliches Lachen. Ohnehin schon ein wenig erschrocken, zuckte er zusammen, als hätte man ihn bei etwas Verbotenem ertappt.

– Herrn Friberg geht es jetzt etwas besser, wie ich sehe.

Er drehte sich rasch um und stellte fest, dass er direkt in die Augen der Dame blickte. Sie strahlten eine kühle, aber unverhohlene Neugier aus, die er zuvor nicht bemerkt hatte, und etwas, das möglicherweise Ironie war. Irgendetwas wollten diese Augen von ihm. Aber es war nicht ganz leicht zu erkennen, was.

– Sieh mal an, dass ich erst vor ein paar Wochen eine so sonderbare Idee hatte! Den Flügel stimmen zu lassen. Ist das nicht eigentümlich, Herr Friberg? Man könnte ja meinen, ich erwarte Besuch? Nicht wahr?

– Entschuldigung, gnädige Frau. Ich bin nicht sicher, ob ich den Namen richtig verstanden habe, Frau Grane?

– Irene Grane. Freiherrin Irene Grane. Aber ich lege keinen Wert auf Adelstitel. Zumal ich in den Titel eingeheiratet habe. Doch das ist jetzt lange her. Wenn ich es mir recht überlege, reicht Frau Grane völlig aus. Und Sie haben sich nicht zu sehr gelangweilt in diesem Zimmer, Herr Friberg?

– Überhaupt nicht. Ich habe ein wenig in Oswald Granes Gedichtbüchern geblättert. Sehr schön! Und ergreifend! Wie schade, dass er so früh von Ihnen gegangen ist.

– Ja. Von uns gegangen. Oder verschwunden. Wie man es nun sehen will. Sie haben vielleicht davon gehört? Aber es ist wirklich erfreulich, dass Sie an ihm interessiert sind. Ich bin fast etwas überrascht.

Ach, Sie wollten doch den Flügel stimmen, Herr Friberg?

– Nein. Wie ich vielleicht erwähnt habe, als wir uns das letzte Mal sprachen, bin ich weder blind noch Klavierstimmer. Ich habe absolut nichts gegen Mitmenschen, die eine dieser Eigenschaften haben – oder vielleicht beide vereinen. Aber ich habe keine davon. Ich bin Vertreter, und ich fahre hier in der Gegend herum, um ein neues Haushaltsgerät zu demonstrieren. Heute ist mir ein Missgeschick …

– Ja natürlich, jetzt erinnere ich mich! Entschuldigen Sie vielmals! Herr Friman, Sie müssen verstehen, dass ich in den letzten vierundzwanzig Stunden so viel zu bedenken hatte. Eine Sterbende im Haus zu haben stellt alles auf den Kopf. Praktisch alles. Sie haben vielleicht schon etwas Ähnliches erlebt, Herr Friman?

– Nein, wirklich nicht. Nicht so. Und übrigens – Friberg ist der Name. Nicht Friman, sondern Friberg.

– Ach ja, natürlich. Entschuldigung. Ehrlich gesagt sind wir alle im Haus dieser Sache etwas überdrüssig, dass hier eine Berühmtheit gewohnt hat. Können Sie sich vorstellen – im Sommer kommen sogar Neugierige hierher. Die ziemlich frech sind. Sie fotografieren – sie auch – und sie wollen gern hereinkommen und alles anschauen. Sie wollen Oswald Granes Arbeitszimmer sehen.

– Gibt es das so noch?

– Nein. Mein Vater wollte das nicht. Er wollte nicht an seinen Bruder erinnert werden. Nicht so intensiv an ihn erinnert werden.

Es weiß ja niemand genau, wo mein Onkel abgeblieben ist. Es ist ihm zuvor doch gut ergangen. In diesen Jahren. Er wurde in »Die Gesellschaft der Neun« gewählt, was natürlich nicht so fein ist wie die Schwedische Akademie, aber doch ziemlich fein. Seine zweite Gedichtsammlung, *Das vergessene Haus*, wurde so etwas wie ein Erfolg. Seine dritte Gedichtsammlung stieß hier und da auf zögerliche Vorbehalte. Einige seiner sehr zuverlässigen Bewunderer fanden, der feine, spröde und gleichsam taufrische Ton, in dem er von der Liebe zur Natur und zur Heimat schrieb, sei im Begriff, sich zu verändern. Aber in »Die Gesellschaft der Neun« wurde er aufgenommen. Sozusagen dank seiner früheren Verdienste. Doch ich vermute, dass sie ihn dort nicht oft sahen. Er fuhr zum Bahnhof von Stockholm, und nicht selten blieb er da. Im Bierlokal am Hauptbahnhof. Für Reisende der dritten Klasse natürlich. Bis es schloss und es Zeit wurde, den letzten Zug nach Hause zum Bahnhof von Kolbäck zu nehmen.

Das, was sich in seine Poesie einzuschleichen begann, war ganz einfach ein anderer Ton. Für den man nicht so leicht Worte finden kann. Es war wie eine Art Tonartwechsel. Vielleicht lag es an einem Gefühl von großer Dunkelheit – einer Sinnlosigkeit. Von D-Dur zu c-Moll.

– Er hörte auf, ein Optimist zu sein? Ich würde dasselbe von mir behaupten. Gerade heute habe ich angefangen, mich zu fragen, ob es etwas gibt …

– Entschuldigen Sie, Herr Friberg. Mir fällt es etwas schwer, heute Abend die Gedanken zusammenzuhalten. Es geschieht so viel. So vieles ist in der Schwebe. Die Erinnerungen kommen, und man will sie nicht immer annehmen.

Die Feste! Vielleicht war das der Grund, weshalb ich vor zwei Wochen diese idiotische Idee hatte, den Flügel stimmen zu lassen. Idiotisch! Er ist seit Jahren nicht gestimmt worden! Es ist lange her, dass es hier Feste gab. Als nicht nur mein Vater und mein Onkel, sondern auch viele andere noch lebten. Die jetzt fort sind. Den Flügel stimmen! Ja, es ist komisch, wie man sich an das Vergangene klammern kann, nicht wahr?

– Daran habe ich auch gedacht. Ich kann verstehen, warum so etwas wichtig wird.

– Es ist schwer, und es ist verlockend, jetzt daran zu denken. Gerade an einem solchen Abend. Der nur Stille, Wind und Leere birgt. Feste, die es gab, die einst gefeiert wurden. In diesem Raum. In den anderen Räumen. Und im Sommer, an einem lauen, gewöhnlichen Abend an gedeckten Tischen draußen im Park unter den Bäumen.

– Ist das lange her?

– Ja. Vielleicht nicht so viele Jahre, fünfzehn oder zwanzig. In den dreißiger Jahren. Vorkriegszeit, glauben Sie mir, damals konnte man tanzen! Die Gäste fuhren in Autos an der Auffahrt vor, in richtigen Autos, nicht in den heutigen Blechkisten, die Damen in Seidenkleidern, so lang, dass sie über den Parkettboden schleiften, und mit Perlenketten, Seidenschuhen und weißen Seidenstrümpfen. Die Herren im Frack. Und kein elektrisches Licht in den Lüstern. Nein, nicht an solchen Abenden. Da gab es nur Kerzen. Die die Mädchen von einer Leiter aus aufstecken mussten. Und die man mit einer besonders langen Kerze an einem langen Griff anzündete.

Ja, Bälle und Feste, Verlobungen und Geburtstage und Hochzeiten und Taufen lösten einander damals in diesem Haus ab, bis der Weltkrieg begann. Damals gab es ja auch so viel mehr Familien hier in der Gegend, die einladen und Einladungen annehmen konnten: die Pipers auf Ängsö, die Trolles auf Almö-Lindö, die Stenbocks auf Tidö! Es gab Herbstbälle, wenn alle Kachelöfen brannten, dass die Luken klapperten. Und warm wurde es wirklich beim Tanz nach dem Essen. Die Herren schwitzten – viele von ihnen trugen Kadettenuniformen mit hohen Kragen – und die Damen hatten alle ihre eigenen Parfümdüfte. Als kleines Mädchen, erinnere ich mich, war ich so fasziniert von diesen Parfüms. Ich fand, manche rochen hell, fast grellweiß, während andere etwas Braunes, Erdiges und Würziges hatten.

Können Sie mir folgen, Herr Friberg?

– Ja natürlich, erwiderte der jetzt leicht ermattete Jan Friberg von Electrolux. Eigentlich sagen Sie, Frau Grane, ob es

Ihnen nun bewusst ist oder nicht, dass Sie vor allem die Wärme vermissen, die es einmal gab.

Freilich kann ich Ihnen folgen. Ich selbst habe etwas ganz Ähnliches empfunden: Verschiedene Instrumente haben verschiedene Farben, das Cello ist dunkelrot, die Bassgeige fast schwarz, der Geigenton hoch und hell und die Trompete funkelnd blau ...

– Genau!

Das klang fast, als sei diese Herrenhausdame darüber erstaunt, dass es jemandem gelungen war, etwas von dem zu verstehen, was sie möglicherweise sagte. Janne hatte in diesem Augenblick den Eindruck, dass sie eine seltsame und bemerkenswerte Frau war. Von ihr ging – wie sollen wir es nennen – ein Magnetismus aus.

– An den Frühlingsmorgen, ich meine Mitte Mai, pflegten die Feste draußen auf der Terrasse weiterzugehen. Mit Kaffee und Punsch. Und dann gab es ein Croquet-Spiel draußen auf dem Rasen.

– Krocket vielleicht?

– Ja, wir nannten es Croquet. Bei uns war es sehr wichtig, wie man die Dinge nannte. Man durfte zum Beispiel nie von jemand sagen, er führe nach London. Sondern man reiste dorthin.

– Warum denn? Jan verwirrte diese ganz neuen Etikettenregel derart, dass er sich die Frage nicht verkneifen konnte.

– Weil man in einem Fahrzeug fährt, hinter Pferden oder möglicherweise in einem Auto. Aber zu fernen Orten reist man. Ich mag den Unterschied. Sie nicht, Herr Friberg?

Man spielte also Croquet, und es wurde heftig geflirtet, und hin und wieder gerieten die Herren darüber aneinander, wo die Kugel eigentlich lag und in welcher Reihenfolge man schlagen durfte. Aber es kam nie zu wirklich gefährlichen Streitereien. Und oft reisten die Gäste erst am dritten Tag wieder ab. Und in den Nächten nach den Festen, lange nachdem das Tanzorchester, das immer aus Västerås kam, abgereist war, war ein ständiges Getrappel da oben in den Korridoren zu hören.

Diese Feste waren wohl eigentlich ziemlich sonderbar, aber ich glaube nicht, dass wir Kinder ganz verstanden, wie merkwürdig sie waren. Die Sitten hier im Haus zu Onkel Oswalds Zeit waren wohl ein wenig unkonventionell.

Daran scheint sich nicht besonders viel geändert zu haben, dachte Janne. Aber er hütete sich davor, etwas in dieser Richtung zu sagen.

– Oder besser gesagt, die Nachbarn waren ziemlich unkonventionell. Manche wollten im Sommer nicht in den Gästezimmern schlafen. Sie zogen das Segelschiff da unten am Kai vor. Eine gepflegte Ketsch mit zwei Masten, die *Dununge* hieß. Dort hinunter pflegten sie sich in der Dämmerung zu verziehen. Um zu baden und zu flirten und ich weiß nicht was noch alles. Doch, ich weiß es. Und wer durch die Bullaugen hineinschaute, erblickte einige unerwartete Dinge. Die unsere Phantasie in Bewegung brachten. Vielleicht in allzu starke Bewegung. Wir wuchsen hier auf dem Hof ein wenig außerhalb der gewöhnlichen Welt auf. Man könnte sagen, mit nur einem Bein in der gewöhnlichen Welt.

– Und mit dem anderen?

– Das ist nicht ganz leicht zu bestimmen.

Onkel Oswald war also erfolgreich, saß in Komitees und durfte Preise entgegennehmen. Doktor Österling lobte ihn in langen Rezensionen und bezeichnete ihn als Vorbild in Zeiten, in denen die Literatur von sinnlosen Experimenten und unglücklicher Auflösung der Form bedroht war. Seine Gedichtsammlungen ließ er in feinem Halbfranz binden und legte sie im Salon aus. Er schätzte es sehr, wenn die Gäste, die sich hierher verirrten, in ihnen blätterten.

Sie verstehen: Die Zeit der großen Feste war schon vorbei.

Und wiederum musste Janne den Impuls unterdrücken, eine Bemerkung zu machen.

– Er war kein ganz gewöhnlicher Poet mehr, sondern einer der Dichter des Landes, auf dem sicheren Weg zum Parnass. Er begann sich sogar etwas feierlicher zu bewegen, wenn er seine Spaziergänge unternahm. Und die wurden immer länger.

Dann, ohne ersichtlichen Grund, in einem Herbst gegen Ende der dreißiger Jahre, wurde er allmählich immer wunderlicher. Er stellte eigenartige Fragen. Seine Gedichte wurden immer unbegreiflicher. Fanden wir. Der eine oder andere Kritiker hingegen setzte seine Ehre darein, das Unbegreifliche zu erforschen. Auf seine eigene Art. Andere Kritiker – solche, die ihn in den Himmel gehoben hatten – schwiegen.

Er fragte, ob wir möglicherweise bemerkt hätten, dass sich eine unbekannte Person im Haus bewege. Das erschien natürlich allen als eine sehr merkwürdige Idee. Anfangs überlegten Emilia und die Cousinen, die über den Sommer hier waren, ob er nur scherzte. Oder hatte es vielleicht mit der poetischen Inspiration zu tun? Was für eine sonderbare Idee! Natürlich gab es niemand anders im Haus als diejenigen, die tatsächlich dort wohnten. Es ist ein ziemlich großes

Haus. Größer als es von außen wirken kann, nicht wahr? Und es ist nur ein kleiner Teil, den Herr Friberg gesehen hat. Hier gibt es einen ersten Stock mit vielen Schlafzimmern, Gästezimmern, Rumpelkammern, in denen niemand mehr wohnen will, weil dort in früheren Zeiten Dinge geschehen sind, Dinge, an die sich niemand erinnern will.

Ich weiß nicht, ob Sie es bemerkt haben, Herr Friberg, aber die Treppen in diesem Haus knarren. Sowohl die große Treppe wie auch die kleine Hintertreppe von der Küche herauf. Sie knarren, wenn man darauftritt. Aber sie können auch knarren, ohne dass ein Mensch in der Nähe ist. Und natürlich knarren alle Parkettbohlen in allen Räumen. In alten Häusern ist das so.

Daran ist nichts Besonderes. Oder, Herr Friberg?

– Nein, das glaube ich nicht. Alte Häuser knarren.

– Aber Oswald bildete sich ein, Gott weiß warum, es gäbe wirklich jemanden, der nachts im Haus herumspazierte. Man könnte es ja als poetische Freiheit und künstlerische Phantasie oder dergleichen auffassen. Freunde und Besucher wussten nicht so genau, wann er es ernst meinte und wann er scherzte.

Aber das Sonderbare war, dass er behauptete, eine letzte Gedichtsammlung vollendet zu haben. Er wollte sie seinen Freunden zeigen. Außerdem wollte er ihnen bei einer besonderen Gelegenheit daraus vorlesen.

– Und die ergab sich nicht?

– Das tat sie nicht, nein.

– Wie schade. Ich habe ein wenig in den Gedichten Ihres Onkels gelesen. Sie sind so melancholisch. Und schön. Als bestünde die Schönheit im Leben tatsächlich darin, dass es sinnlos ist. Ich sitze hier und denke darüber nach, ob ich es möglicherweise selbst auch so sehe. Aber in diesem Moment sehe ich nur die Sinnlosigkeit.

– Das kann sich ändern.

– Wollen wir es hoffen. Und dann habe ich ein Album mit sehr interessanten, sehr künstlerischen Fotos gefunden – irgendwo aufgenommen, hier oder anderswo, wie es scheint in den zwanziger Jahren. Außerdem – das will ich nicht vergessen – hatte ich ein sehr interessantes Gespräch.

– Wirklich? Mit wem? Mit Hilda draußen in der Küche? Oder vielleicht mit einem der Mädchen?

– Nein. Mit dem Bruder der Freiherrin. Wir hatten einen kleinen Schwatz.

Jetzt sah Frau Grane vollständig verblüfft aus. Tatsächlich war ihr Gestus der freundlich Plaudernden blitzschnell einer kalten und abweisenden Haltung gewichen. Jan Viktor fragte sich, ob er etwas Unpassendes gesagt hätte. Und falls ja, worin dieses Unpassende wohl bestand.

– Das ist aber unangenehm zu hören! Sehen Sie, ich hatte gehofft, dass er nicht im Haus herumläuft und mit allen möglichen Besuchern spricht. Es ist wirklich bedauernswert, dass er Sie gefunden hat. Ich versuche, ihn ein wenig unter Kontrolle zu halten, aber es gelingt nicht immer.

– Und wo liegt das Problem, wenn ich so neugierig sein darf?

– Er ist nicht zuverlässig. Er erfindet Sachen und hat ein reges Phantasieleben. Er ist unvorhersehbar. Kurz gesagt – kein geeigneter Repräsentant für dieses Haus.

– Ich versuche, Ihnen zu folgen. Aber das ist natürlich nicht ganz leicht, unvorbereitet, wie ich bin. Es war überhaupt nicht meine Absicht, in diese Familie hineinzustürmen. Ich wollte ja nur das neue, eigentlich revolutionierende

Haushaltshilfsmittel demonstrieren. Und dann geschah dieses Unglück.

– Also beharren Sie immer noch darauf, Herr Friberg, dass Sie nichts mit diesem Ort zu tun haben? Sondern nur eine Maschine vorführen wollten? Die tatsächlich niemand braucht.

– Ja. Ich muss wohl darauf bestehen. Ich bin kein Spion. Kein Betrüger. Kein verkleideter Verwandter. Kein vergessener Erbe.

– Herr Friberg, Sie sind durchschaut.

– Das glaube ich nicht. Aber wenn Sie es unbedingt so sehen wollen ...

– Ja. Sie sind durchschaut. Ich sehe Sie so, wie Sie sind.

Die Stimmung im Raum hatte sich verändert. Etwas schwebte darin wie ein schwacher, ersterbender Ton, ein sehr hoher Ton.

Die Kreuzworträtselmädchen

– Habt ihr euch deshalb als Kreuzworträtsel verkleidet?

– Hüttenwerksbesitzer Stenhake möchte gern, dass alle, die im Park und im Garten arbeiten, solche Kreuzworträtselkostüme tragen.

– Dann ist es vielleicht doch Reklame?

– Nicht direkt, erwiderte eines der Mädchen. Nein, ich glaube nicht. Ich glaube, er denkt sich, dass alle, die im Park und im Gewächshaus arbeiten, so aussehen sollen.

– Ist das nicht eine sonderbare Idee?

– Der Hüttenwerksbesitzer geht nicht besonders oft aus. Er hält sich da oben in seinem Haus auf. Eigentlich gibt es nicht sehr viele Leute, die ihn schon zu Gesicht bekommen haben.

– Aber wer kümmert sich dann um das Herrenhaus und das Hüttenwerk?

– Das Hüttenwerk leitet der Oberingenieur. Er sorgt dafür, dass alles seine Ordnung hat. Und um das Herrenhaus kümmert sich Irgendjemand.

– Kann sich wirklich irgend jemand darum kümmern?

– Ja. Das glaube ich. Irgendjemand kümmert sich schon immer darum, so lange ich mich zurückerinnern kann.

Ein kleingewachsener Mann kam den Pfad heruntergerutscht. Das Klappern eines reich bestückten Schlüsselbundes verriet ihn, lange bevor er die letzte Kurve genommen hatte. Seine Backen waren gerötet wie bei jemandem, der sich mehr im Freien als im Haus aufhält, und die Nase schien sich in einer Art beginnenden Zerfalls zu befinden. Aus ihrem Rücken traten bläuliche Karbunkel – oder wie man es nun nennen sollte – hervor.

– Wer ist das?

– Das ist nicht irgend jemand.

– Ist es vielleicht eine sehr wichtige Person? Es ist doch nicht etwa Stenhake persönlich? Kann er wirklich so aussehen?

– Nein, so sieht Hüttenwerksbesitzer Kåge Stenhake nicht aus. Das ist jemand ganz anderes. Ich sage nur, dass es nicht irgend jemand ist.

– Sie meint Irgendjemand, erläuterte das erste Kreuzworträtselmädchen. Das ist ja jemand ganz anderes. Irgendjemand hat gewöhnlich die Schlüssel. Aber heute ist es offenbar jemand anders.

– Die Schlussfolgerung, die ich widerwillig ziehen muss, sagte Irene betont überheblich, lautet, dass Irgendjemand nicht irgend jemand ist. Sondern eine Person. Wir haben es doch mit einem Eigennamen zu tun?

– Genau. Irgendjemand ist der Türhüter.

– Vielleicht ist er heute krank, meinte Irene.

– Oder er hat womöglich etwas Wichtigeres zu tun.

– Und das wäre?

– Das ist nicht leicht zu sagen. Dem Hüttenwerksbesitzer fällt es nicht schwer, Aufgaben für alle zu finden, die offenbar mit den Händen in den Hosentaschen herumlaufen.

Der extrem kleinwüchsige Mann hatte Golfhosen und Lederstiefel an. Dazu trug er eine adrette Weste, geziert mit einer Silberkette, die in die linke Westentasche hinein verschwand. Er arbeitet bestimmt im Stall, dachte Irene. Er sieht aus, als hätte er mit Pferden zu tun. Vielleicht ist er ein Jockey? Diese Stallvorsteher sind immer ein wenig feiner gekleidet. Es ist ihre Aufgabe, die Pferde gestriegelt und geschniegelt und angeschirrt und gesattelt zu den feinen Herrenhausdamen zu führen, die sich in eleganten, eng anliegenden Reithosen aus erstklassiger englischer Baumwolle auf den Sattel schwingen und mit einem plötzlichen Gefühl von Freiheit in der Brust auf eleganten Morgenritten verschwinden.

Irene verspürte eine zunehmende Unruhe. Teils wollte sie endlich nach Västerås aufbrechen, um ihr neues Leben als Studentin im Lehrerinnenseminar zu beginnen, mit allem, was das an sozialem Fortschritt und erweiterten Möglichkeiten bedeutete, aber zugleich wollte sie sehr gern sehen, wie dieses Abenteuer verlaufen würde. Und sie hatte schließlich versprochen, dieses Etui zurückzugeben. Das Hüttenwerksbesitzer Stenhake bekommen sollte und niemand anders.

– Bitte tretet ein, sagte der Herr in Reitstiefeln und Weste und hielt höflich die quietschende Metallzauntür auf.

– Ist das der übliche Eingang?, fragte Irene.

– Nein. Ganz und gar nicht. Es ist die Abkürzung über den Kraftwerksdamm. Aber hier darf nicht irgend jemand gehen. Normalerweise. Wäre nicht dieser Unfall da drüben am Bahnübergang gewesen, wärt ihr nicht hierhergekommen.

– Aber wir wären vielleicht auf einem anderen Weg gekommen.

– Woher soll man das wissen? Woher soll man wissen, was geschehen würde, wenn etwas anderes nicht geschehen wäre?

– Natürlich. Ich verstehe. Oder vielleicht verstehe ich es auch nicht.

Irene begann ein leichtes Schwindelgefühl zu verspüren. Ihr kam in den Sinn, dass sie den ganzen Morgen nichts außer einem Käsebrot gegessen hatte. Sie hatte es ja so eilig zum Zug gehabt. Ehe sich diese Sonderlichkeiten ereignet hatten. Die sie in ein immer fremderes Land zu führen schienen.

– Nach meiner Auffassung, sagte der Herr, der nicht irgend jemand war, gibt es in einem normalen Menschenleben zwei große Probleme.

– Und die wären?, fragte die Nichte des Schiffers.

– Dass man nicht versteht.

– Und das zweite?

– Dass man allzu gut versteht.

Bitte sehr, betreten Sie die Kraftwerksbrücke, meine Damen. Dies ist ein sehr viel kürzerer Weg. Fürchten Sie sich nicht vor dem Rauschen, das ist nur der Kolbäcksån, der mächtig, männlich, ausgelassen, frühlingshaft lüstern an den beiden erstklassigen ASEA-Turbinen herumfingert. An beiden zugleich. Und auf diese Weise hat man Licht für die ganze Gegend.

– Danke, sagte Irene. Und errötete.

– Wir haben uns leider verspätet, erklärte das eine Kreuzworträtselmädchen. Wir haben uns nicht an die Zeit gehalten. Irgendjemand ist vielleicht verärgert. Aber es ist wirklich nicht unsere Schuld.

– Das ist bedauerlich, aber wir konnten hier nicht schneller gehen. Der Pfad ist nach dem letzten Frühlingsregen so verdammt lehmig geworden.

Das zweite Kreuzworträtselmädchen hatte eine unglückliche Neigung, alles zu verdeutlichen, was die andere sagte. Auf die Dauer konnte das etwas langweilig werden.

Der Herrscher des weißen Hauses

Die Doppeltüren waren mächtig. Hier hätte man sicher mit Pferd und Wagen hereinfahren können. Sie waren aus dunkler, fast schwarzer Eiche, mit schweren Eisenbeschlägen. Aber Irene gab nicht auf. Sie und die Nichte des Schiffers hatten ja ein wichtiges Etui zu überreichen. Nach einigem Suchen hier und da, rauf und runter, links und rechts, fanden sie das, was wohl die Klingelschnur sein musste, eine Messingkette, die in einer Messinghand von menschlicher Größe endete. Irene kam sie unheimlich vor. Würde sie sich lösen, wenn man sie ergriff? Entschlossen packte sie diese Hand, blank von all den Händen, die sie offenbar schon angefasst hatten. Und zog daran, nicht einmal, sondern dreimal. Jedes Mal etwas energischer als das vorhergehende Mal. Eine Klingel, die Proportionen haben musste, die den Türen entsprach, kein gewöhnliches kleines Glöckchen, sondern eher etwas, was einer Zimbel glich, läutete einsam im Inneren. Es klang leer und bedrohlich. Irene fragte sich, ob sie vielleicht etwas diskreter hätte klingeln können.

Die Zimbelschläge waren die einzige Reaktion. Eine Ewigkeit – wie es gewöhnlich in Romanen heißt – schien zu vergehen. Irene machte einen Satz nach hinten: Direkt neben ihr öffnete sich eine ganz schmale, man könnte sagen, lächerlich schmale Tür, die sie vorher nicht bemerkt hatte.

Ein kleiner Mann in einem dunklen, knielangen Jackett mit Rockschößen und gestreiften Hosen, die in grauen Gamaschen über einem Paar blank polierter, aber winziger Schuhe steckten, musterte die Mädchen mit einer Miene tiefster Skepsis.

– Womit kann ich den Damen zu Diensten sein?

Für einen derart kleinen Mann war seine Stimme überraschend tief, als wäre sie ziemlich lange unterwegs gewesen. Vielleicht aus einem Brunnen oder einem Keller gekommen. Irene konnte einen Schauder nicht unterdrücken. Die Art von Schauder, der einen überfällt, lange bevor man erklären kann, woher er kam und wohin er wollte.

– Wir haben ein Anliegen an den Hüttenwerksbesitzer.

– Hüttenwerksbesitzer Stenhake ist zurzeit leider nicht anzutreffen. Er empfängt keinen Besuch. Wenn es die Damen interessiert, so ist es tatsächlich ungewöhnlich, dass Hüttenwerksbesitzer Kåge Besuch empfängt. Vor zweieinhalb Jahren geschah dies, als der Vorsitzende und der Kassierer des Industrieverbands vorgelassen wurden. Vor zwei Jahren war es dann die Schwiegermutter von Hüttenwerksbesitzer Stenhake. Und im gleichen Jahr gratulierte der Schwedische Schachverband zum Geburtstag. Im Jahr 1951. Hüttenwerksbesitzer Kåge ist nämlich sehr an Schach interessiert. Und unterstützt diesen vornehmen Sport. Der rasche Sport des Geistes, pflegt er zu sagen. Im Gegensatz zu dem des trägen Körpers, darf man vielleicht vermuten, wenn man es wagt, die Überlegungen und Reflexionen eines so tiefen Geistes zu deuten.

Der Schachverband war bemerkenswerterweise auch die

einzige Reichsorganisation, die zum Geburtstag vorsprach. Eine Reihe anderer Personen und Vereinigungen – nicht zuletzt die philanthropischen Stiftungen – zog es vor, sich per Reichstelegramm zu melden. Oder postalisch. Und die Blumengestecke! Sie füllten ein ganzes Zimmer hier im Herrenhaus. Noch tagelang. Sie wurden von Boten gebracht. Einige Blumen kamen von anonymen Absendern, muss ich hinzufügen.

– Es ist also Irgendjemand, mit dem wir sprechen.
– Das kann man sagen. Gewiss kann man das so sagen. Bei genauerer Betrachtung. Mein Name ist zufällig Irgendjemand, aber deswegen bin ich natürlich nicht irgend jemand.

Aber ich stehe hier und schwatze. Wenn die Damen ein Anliegen von einigem Gewicht haben, können Sie es ruhig in meine Hände legen. Und ich versichere Ihnen, dass die Mitteilung, die Sie überbringen, Hüttenwerksbesitzer Kåge zu gegebener Zeit erreichen wird.

– Zu gegebener Zeit? Mir wurde aufgetragen, das so schnell wie möglich zu erledigen.
– Sobald er ansprechbar ist.
– Ist er das jetzt nicht?, fragte Irene mit einer höflichen Stimme, in der möglicherweise eine Spur von diskreter Ungeduld mitschwang.
– Also, es kann dauern. Im Moment schläft Hüttenwerksbesitzer Kåge. Er hält seinen Mittagsschlaf. Und ich muss hinzufügen, es ist nicht direkt ratsam, den Hüttenwerksbesitzer aus seinem Mittagsschlaf zu wecken. Aber wie gesagt, ich nehme gern eine Mitteilung entgegen.
– Es handelt sich weniger um eine Mitteilung, erklärte die Nichte des Schiffers. Es ist ein Päckchen. Ich weiß nicht,

was es enthält. Aber ich glaube, es ist wichtig. Es ist von meinem Onkel. Dem früheren Kommandanten auf der Erzkogge *Färna II*.

Irgendjemand wurde plötzlich sehr ernst.

– Ich verstehe. Aber das ist ja dann etwas ganz anderes! Wenn es so ist, kann ich den Damen nur vorschlagen, diese Sache, was immer es sein mag, dem Hüttenwerksbesitzer Kåge persönlich zu übergeben. Es gibt nur einen Haken.

– Und der wäre?, fragte die Nichte des Schiffers.

– Falls Sie ihn schlafend antreffen, was höchstwahrscheinlich der Fall ist, muss ich Sie ernstlich davor warnen, ihn zu wecken.

– Warum denn?

– Weil er möglicherweise träumt.

– Ja, was würde das bedeuten?

– Nun, es könnte ja sein, dass er Sie träumt.

– Na und?

– Dann ist Schluss. Ganz einfach Schluss.

– Es könnte aber auch so sein, dass ich ihn träume.

– Dann ist ebenfalls Schluss. Oder wenn er Sie träumt und Sie ihn. Dann ist in jedem Fall Schluss mit allem, falls Sie aufwachen sollten.

– Das habe ich wirklich nicht bedacht. Aber was machen wir nun mit diesem Anliegen? Der Schiffer hat gesagt, es sei wichtig, dass der Hüttenwerksbesitzer es bekommt. So bald wie möglich.

– Ich habe keine Ahnung.

Irene hielt sich das Etui ans Ohr. Eben noch hatte es geklungen, als würde darin etwas ticken. Aber jetzt war nichts zu hören. Was befand sich darin? Eine Uhr?

Das kleine Etui, das wirklich sehr elegant wirkte, ließ

sich ganz einfach öffnen, wenn man auf den Verschlussknopf drückte.

Es war keine Uhr. Es war ein Auge!

Kein richtiges. Möglicherweise ein Emailauge, das sie hartnäckig und nüchtern anstarrte. Es gehörte keinem.

– Ich habe mich entschlossen, erklärte Irene. Sie können bleiben, wo Sie sind, aber ich gehe hinein. Ich gehe ganz einfach hinein und huste ein wenig und wecke ihn.

– Kommen Sie dann aber nur nicht zurück und behaupten, ich hätte Sie nicht gewarnt, sagte Irgendjemand.

– Und wie bitte sollte ich in dem Fall zurückkommen? Wenn ich nur ein Teil seines Traums bin?

– Tja. Das ist wirklich nicht leicht zu sagen.

Endspiel

Hier ereignete sich etwas, was Janne dazu brachte, seine Phantasien zu unterbrechen. Das Bild zitterte und zerbrach. Freiherrin Irene, seine unfreiwillige und möglicherweise auch unerwünschte Gastgeberin, hatte zum dritten Mal den Raum betreten. Und diesmal so leise, dass er sie nicht bemerkt hätte, hätte sie ihm nicht, hinter dem Sessel stehend, die Hände über die Augen gelegt. Etwas, was ihn sehr überraschte. Schnell zog sie die Hände weg. Da stand sie wieder, mit ihrem leicht säuerlichen Lächeln, das im Halbdunkel des Raums auch schwer zu erkennen war. Sie verharrte hinter seinem Stuhl, und er musste sich, was ein wenig weh tat, um neunzig Grad drehen, um sie anzusehen.

Jetzt trug sie nicht mehr den dunklen Sweater. Aus irgendeinem Grund hatte sie ihn gegen eine dünne Seidenbluse getauscht. Statt der hohen, lehmbespritzten Stiefel trug sie ein Paar Samtschuhe. Aber die Reithosen waren dieselben. Janne zog es jetzt vor, sich die Herrin des Hauses eher als die Dame im Schachspiel vorzustellen denn als ein gewöhnliches Herrenhausfräulein in Reithosen und Seidenbluse.

Es war ein befreiendes Gefühl, das Ende einer sehr langen und anspruchsvollen Schachpartie erreicht zu haben. Die er wider alles Erwarten gewonnen hatte.

– Entschuldigen Sie die Verspätung.

Dies kam leise, in einem fast flüsternden Ton. Als wäre sie an einer Art subtiler Intrige beteiligt.

– Herr Friberg ist jetzt bereit?

Das war eine eigentümliche Frage. Janne sah sich rasch um, als wäre er erschreckt worden.

– Aber es gibt irgendwo einen Forstmeister? Der mit den schlimmsten Hunden in der Gegend?

– Als ich zum letzten Mal von ihm gehört habe, war er auf der Jagd.

– Das klingt bedrohlich.

– Das erwartet man sich doch wohl von einem Forstmeister?

Tatsache war, dass sie in diesem Moment nicht das geringste Interesse am Forstmeister und seinen Vorhaben hatte. Oder vielleicht empfand sie die Ungewissheit als stimulierend? Dass sie eine Anzahl von Dingen von Janne erwartete, wurde immer deutlicher. Janne, mittlerweile ziemlich verwirrt, stellte sich willig zur Verfügung. Beinahe allzu willig, vielleicht. Aber was konnte er sonst tun?

Es schien so, als wäre der Schmerz, besonders in dem linken Handgelenk, im Begriff nachzulassen. Das war gut, da er in diesem Augenblick alle seine Sinne für etwas viel Interessanteres brauchte, als den trivialen Schmerz von einem ärgerlicherweise vermutlich gebrochenen Handgelenk zu registrieren. Der nicht viel mit dieser Sache zu tun hatte.

Für Zweifel blieb kein Platz. Umsichtig löste er ihren dunkelbraunen Ledergürtel mit der schweren Silberschnalle und spürte, dass er bereit war für alles, was nun kommen konnte.

– Die alte Dame ist jetzt tot. Sie ist vor einer Stunde gestorben. Ihr ist nichts Originelleres eingefallen. Für diesmal. Sie ist tot. Deshalb ist es jetzt still im Haus.

Und stellen Sie sich vor, wie merkwürdig, die Polizei war gerade hier. Sie suchten nach einem Mann auf einem blauen Fahrrad.

– Wieso?

– Ich habe keine Ahnung. Woher soll ich das wissen? Ich habe ihnen gesagt, dass ich nichts von einem solchen Mann auf einem blauen Fahrrad weiß. Das ist die reine Wahrheit. Ich habe keinen Mann auf einem blauen Fahrrad gesehen.

Wort und Bild.
Ein Nachwort

Üblicherweise ist es vielleicht so, dass man eine Erzählung hat, die man dann illustriert. In diesem Fall ist es genau umgekehrt. *Der Mann auf dem blauen Fahrrad* geht von einer kleinen Anzahl von Bildern aus, aufgenommen mit einer alten Kamera. Genauer gesagt einer Kastenkamera der Marke Brownie, Kodak No. 2A. Brownie Model B. Es ist bekannt, dass diese Marke 1911 bis 1924 in Kanada von Canadian Kodak produziert wurde. Das Objektiv hat einen festen Fokus und drei verschiedene Blendenöffnungen. Die Kamera benutzte 116-mm-Rollfilm im Format 6 x 9.

Der Fotograf war Einar H. Gustafsson (1907–1992). Die erhaltenen Papierkopien sind teilweise mit der Jahreszahl 1923 versehen. Der Fotograf war also sechzehn Jahre alt, als die Bilder entstanden. Einar Gustafsson blieb sein ganzes langes Leben ein leidenschaftlicher Amateurfotograf, aber diese frühen Bilder, in einem notdürftig verdunkelten Dachbodenverschlag im Tomtebovägen in Hallstahammar im sogenannten Klempnerhaus eigenhändig entwickelt, verströmen eine eigentümliche Atmosphäre und nehmen einen sehr speziellen Platz in seiner Produktion ein. Sie vermitteln das Gefühl einer fernen, noch nicht ganz wirklichen

Welt. Was von der guten optischen Schärfe und der oft raffinierten Komposition verstärkt wird. Es fällt schwer, sich nicht zu fragen, wie sich seine fotografische Begabung entwickelt hätte, wenn er sich ihr hätte widmen können, vielleicht unter der Anleitung eines kompetenten Lehrers.

Die Rechte an diesen Bildern sind mir, seinem Sohn, mit dem Nachlass als Alleinerbe von Einar Gustafsson zugefallen.

Lange fasziniert von der Atmosphäre, die von den Bildern ausgeht, habe ich einige davon ausgewählt und eine spontane Erzählung aus der Tiefe der Bilder herausfließen lassen.

LG
Berlin–Norberg 2011–1012